니체
인생론

니체 인생론

프리드리히 빌헬름 니체 지음 | 박별 옮김

뜻이있는사람들

하늘 높이 뻗어 오르려는 나무.
그런 나무가 혹독한 비바람과 거친 기후 없이
성장할 수 있다고 생각하는가? 그렇지 않다.

*

너희가 높이 나서기를 바란다면 자신의 다리를 이용하라! 남의 힘을 빌려 오르지 마라. 타인의 등과 머리 위에 오르지 마라!

*

삶, 그것은 죽으려고 하는 무언가를 끊임없이 떼어내는 것이다. 삶, 그것은 우리 자신은 물론이고 나약하고 늙어가는 모든 것에 대한 가혹하고 가차 없는 것이다.

작품세계

작품

『음악의 정신에서의 그리스 비극의 탄생』(『비극의 탄생』)(Die Geburt der Tragödie aus dem Geiste der Musik,1872)

『반시대적 고찰』(Unzeitgemässe Betrachtungen, 1876)

『다비드 슈트라우스: 고백자와 저술가』(David Strauss: der Bekenner und der Schriftsteller, 1873)

『생에 대한 역사의 이해』(Vom Nutzen und Nachteil der Historie für das Leben, 1874)

『교육자로서의 쇼펜하우어』(Schopenhauer als Erzieher, 1874)

『바이로이트에 있어서의 바그너』(Richard Wagner in Bayreuth, 1876)

『인간적인, 너무나 인간적인』(Menschliches, Allzumenschliches, 1878)

『서광』(Morgenröte, 1881)

『즐거운 지식』(Die fröhliche Wissenschaft, 1882)

『자라투스트라는 이렇게 말했다』(Also sprach Zarathustra, 1885)

『선악의 피안』(Jenseits von Gut und Böse, 1886)

『도덕의 계보』(Zur Genealogie der Moral, 1887)

『바그너의 경우』(Der Fall Wagner, 1888)

『니체 대 바그너』(Nietzsche contra Wagner, 1888)

『우상의 황혼』(Götzen-Dämmerung, 1888)

『안티크라이스트』(혹은 『적 그리스도』) (Der Antichrist, 1888)

『이 사람을 보라』(Ecce homo, 1888)

유고집

『힘에 대한 의지』(여동생이 편찬) (Wille zur Macht, 1901)

『생성의 무구』(알프레드 편찬) (Die Unshuld des Werdens, Alfred Kröner Verlag in Stuttgart, 1956)

『비극의 탄생』: 초기 작품에서는 『음악의 정신으로부터 비극의 탄생』(1886년 신판 이후로 『비극의 탄생, 또는 그리스 정신과 페시미즘(염세주의)』로 개정됨)이 있다. 이것은 철학서가 아니라 고전문헌학의 책이다.

『반시대적 고찰』: 이 책은 유럽, 특히 독일 문화의 현상에 관하여 1873년부터 1876년에 걸쳐 집필한 4편(애초에는 13편으로 구상하였다)으로 된 평론집이다.

『인간적인, 너무나 인간적인』: 1878년에 초판 간행, 1886년 제2판부터는 『여러 가지 의견과 잠언』(1879년)과 『방랑자와 그 그림자』(1880년)을 각각 제2권 제1부 및 제2부로 보강하여 제목도 『인간적인, 너무나 인간적인』을 『자유 정신을 위한 책』으로 수정하였다. 이 책은 니체의 중기를 대표하는 저서이자 독일 낭만주의 및 바그너와의 결별과 명료한 실증주의적 경향을 엿볼 수 있다.

『서광』: 1881년에 출간한 책으로 니체는 동기로서의 쾌락주의 역할을 물리치기 위해 '힘의 감각'을 강조했다. 또한, 도덕과 문회에 있어서 형이상학과 기독교 비판이 완성의 영역에 도달했다.

『즐거운 지식』: 1882년 작품으로 니체의 중기 저서 중에서 가장 많고 포괄적인 것으로 격언의 형식을 취하면서 다른 저서보다 많은 사색을 포함하고 있다.

『자라투스트라는 이렇게 말했다』: 니체의 주요 저서로 여겨지고 있으며, 리하르트 슈트라우스가 동명의 교향시를 작곡하는 계기가 되었다.

*

악과 독이야말로 사람에게 극복할 기회와 힘을 주어 사람이 이 세상을 살아가기 위해 강하게 만들어 주는 것이다.

서문

"오로지 나 자신의 운명을 사랑하라."

니체는 잘 알려진 대로, 독일의 실존주의 철학가다. 그렇다고 흔히 말하는 난해하고 추상적인 사색으로 이론을 주장하는 사람은 아니었다. 쇼펜하우어의 의지철학을 계승하는 '생의 철학' 의 기수이자, 키르케고르와 함께 실존주의의 선구자 역할을 했다.

니체는 도덕에 반대하는 투쟁을 펼쳤다. 그는 당시 기독교 도덕을 너무나도 현실과 동떨어진 다음 생의 것이라고 판단하고 현세에 있어서의 진리, 선, 도덕이야말로 중요하다고 주장한다. 다시 말해 지금 살아 있는 인간을 위한 철학을 주장한 것이다.

니체가 지금도 여전히 세상에 널리 알려져 있는 것은 그의 예리한 통찰력 덕분이다. 급소를 찌르는 듯 한 날카로운 관점, 생기, 불굴의 영혼, 높은 곳을 지향하는 의지가 신선함을 던져주는 문구를 통해 발산하고 있기 때문에 많은 사람의 귀와 가슴에 남는 주로 짧은 경구(警句)와 문장에서 발휘되는 특성이다. 철학자들은 그동안 '도덕'이라는 허상 안에서 지금보다 나은 세상이 존재할 것임을 설파했다. 그러나 우리가 꿈꾸는 유토피아는 없다. 현실은 철저하게 비도덕적이고, 도덕이란 허구에 지나지 않는다는 것이 니체 사상의 기본전제이다.

즉, 지금까지의 도덕은 열등한 자들이 왜곡한 삶의 해석인 노예도덕에 지나지 않는다는 것이다. 이를 깨닫지 못했던 강자들은 이러한 거짓말을 그대로 믿었다. 이에 니체는 이제 비천한 자들의 도덕을 물리치고, 강하고 충만한 군주도덕(君主道德)을 부활시켜야 한다고 주장했다.

니체의 사상은 모든 전통적인 가치를 허물어뜨리는 데서 출발한다. 그는 기존의 관념론적 · 기독교적 도덕을 부정하고 그 자리에 새로운 가치를 구축하려 했다. 거짓 도덕을 물리치고 삶의 새로운 도덕을 세우고자 한 것이다.

니체의 철학, 독특한 사상은 칸트나 헤겔처럼 장대한 체계를 지향하여 정리한 것이 아니라 정열적인 문장으로 점철된 단편과 단문이 많다.

단편이라고는 하나 니체의 사상에는 매력이 있다. 예를 들어 '인간의 육체는 커다란 이성이고, 정신이라 불리는 것은 작은 이상이다.' 와 같이 서술하고 있다. 이런 대담한 발상에는 분명 예술적인 매력이 있다고밖에 할 수 없을 것이다.

칸트와 같은 솔직한 철학자라면 자기 주상의 이유를 논하여 철학의 골자로 삼지만, 니체는 그 발상을 냉정하게 휙 던져놓은 상태이다. 이런 점에서 철학자라기보다는 예술가에 가깝다고 할 수 있을 것이다.

니체가 바라본 삶이란 '힘에 대한 의지' 다. 이는 물리적 힘만을 말하는 것이 아니며, '힘이 곧 정의' 라는 현실주의의 비관적 전망과는 다르다. 그는 힘이 사용되는 목적과 시점을 중시한다. 자기를 극복하는 것이 모든 인간의 목표가 되어야 하듯, 힘이란 선악이란 선악의 너머에 서서 새로운 변화를 창출하는 때에만 정의롭다.

니체는 또한, 삶에서 가장 위대한 단어로 '아모르파티' 를 내놓는다. 이는 '운명에 대한 사랑(운명애)' 로 풀이되는 말이다. 운명은 필연적인 것으로 인간에게 닥쳐오지만, 이를 인정하는 것만으로는 부족하다. 운명의 필연성을 긍정하고 자기 것으로 받아들여 사랑할 수 있을 때, 비로소 인간 본래의 창조성을 발휘할 수 있다는 것이다. 니체는 니힐리즘 철학자가 아니다. 오히려 니힐리즘을 비판하였다.

니힐리즘은 일반적으로 허무주의라고 번역되는 경우가 많다. 니힐은 라틴어로 무(無)를 의미하고, 절대 가치와 진리 등의 입장을 취하는 것이 니힐리즘이다. 현대는 가치의 상대성에 의해 절대 가치가 없는 상태에서 니힐리즘의 시대라 할 수 있다.

그러나 실제로 현대인의 절대 가치는 금전과 이윤뿐이다. 인간은 어딘가에서 절대 가치를 찾지 않으면 불안을 느끼는 존재이다.

전통적 가치를 파괴하고 새 가치를 구축하자는 니체의 사상은 후세에 정치세력에 의해 왜곡 해석되어 이용되기도 했다. 그러나 사후 100년 이상 지난 지금까지도 니체 사상은 많은 철학가들의 사상에 영향을 주고 있고, 일반 독자들 사이에서도 많은 호응을 얻고 있다.

그의 사상은 21세기 들어 더욱 그 가치를 발한다. 급변하는 환경 속에 자기 자신의 개별적 생의 가치를 놓쳐버리는 현대인들에게 '자신의 길'을 찾는 데 등대가 되어줄 삶의 교과서로 입지를 굳히고 있는 것이다.

19세기까지 서구에서의 절대 가치와 진리는 기독교였다. 그러나 니체는 기독교 도덕은 존재하지도 않는 가치를 믿게 하는 종교라 해석한 것이다. 그런 도덕은 진짜가 아니며 살아 있는 인간을 위한 것도 아니라고 여겼다.

그렇다면 근대의 금전과 이윤은 현대의 새로운 절대 가치가 될 수 있을까? 니체는 이것을 신의 대체물로서의 가치라 여겼다. 다시 말해 니힐리즘에서 벗어나기 위한 새로운 니힐리즘이라고 판단한 것이다.

니체는 『자라투스트라는 이렇게 말했다』에서 "우리는 영원한 무의 세계 속에 떠다니고 있는 것은 아닐까?"라고 적고 있다. 또한 유고를 정리한 『힘에 대한 의지』에서는 "지금의 도덕에 대한 의심이 세계를 석권하게 될 것이다."라고 적고 있다. 마치 현대의 상황을 정확하게 예언하고 있기라도 한 듯이.

니체의 철학은 결코 어려운 것이 아니다. 조금만 읽어보면 흥분을 느끼게 될 것이다. 니체의 문장이 독자를 흥분시키는 것이 아니라, 독자 자신의 머리로 생각하고 있다는 생생함이 자극과 영감을 받게 되기 때문이다.

이것이야말로 니체의 가장 큰 매력이다.

이 책은 『자라투스트라는 이렇게 말했다』, 『인간적인, 너무나 인간적인』, 『서광』, 『즐거운 지식』 등 니체의 대표 저서를 포함, 그의 모든 저서에서 주옥같은 아포리즘을 뽑아 주제별로 배치했다.

근거 없는 희망, 알맹이 없는 치유의 말들이 횡행하는 지금, 내 운명을 내 손으로 만들어내는 힘을 키워나가려는 독자에게 이 책은 가장 현실적이고 합리적인 조언을 해줄 것이다.

—편집자

*

사랑에 관한 온갖 문제로 고민하고 있다면, 단 한 가지 확실한 치료법이 있다. 그것은 자신이 더 많이, 더 넓게, 더 따뜻하게, 그리고 더 강하게 사랑하는 것이다. 사랑에는 사랑이 제일 좋은 약이다.

차례

제1장

인간에 대하여

첫 걸음은 자신에 대한 존경으로부터

자신이 하찮은 인간이라고 생각해서는 안 된다. 그것은 자신의 행동과 생각을 거기에 얽매여 놓기 때문이다. 자신을 존경하는 것부터 시작해서, 아직 아무것도 시작하지 않은 자신을, 아직 실천하지 않은 자신을, 인간으로서 존경하는 것이다. 자신을 존경하면 나쁜 일을 할 수 없게 된다. 인간으로서 경멸당할 행동을 하지 않게 된다.

이렇게 삶의 방식을 바꾸어 이상적인 자신, 타인의 본보기가 될 수 있는 인간이 될 수 있다. 그것은 자신의 가능성을 크게 개척하여 그것을 이루기에 걸맞은 힘을 갖게 해준다. 자신의 인생에 대한 책임을 다하기 위해 우선 자신을 존경하라.

〈힘에 대한 의지〉

자신의 평판 따위에 신경 쓰지 마라

누구나 남들이 자신을 어떻게 생각하고 있는지 알고 싶어 한다. 좋게 생각해 주기를 바라고, 훌륭하다고 여겨주기를 바라고, 소중한 사람의 부류에 들어가고 싶어 한다. 그렇다고 해서 자신에 대한 평가에만 귀를 기울이며 신경을 쓰는 것은 바람직하지 않다. 왜냐하면, 인간이라는 존재는 잘못된 평가를 내리는 것이 보통이기 때문이다. 자신이 생각했던, 자신이 원하는 평가를 하는 일은 거의 없다. 그것과 전혀 다른 평가를 당하는 것이 보통이다. 그러니 자신에 대한 평판과 평가 따위에 신경을 써서는 안 된다. 타인이 어떻게 생각할지 따위에 관심을 기울여서는 절대로 안 된다. 그렇지 않다면 실제로는 미움을 사고 있지만 사장님, 선생님, 부장님 등으로 불리는 것에 일종의 쾌감과 안심감을 느끼는 인간이 되고 만다.

〈인간적인, 너무나 인간적인〉

하루를 끝내며 반성하지 마라

업무를 끝내고 깊이 반성한다. 하루를 끝내고 그날 하루를 돌이켜 보며 반성한다. 그러면 자신과 타인의 흠이 눈에 들어오고 결국 우울해지다. 자신의 어리석음에 분노를 느끼고, 그놈은 가증스러운 놈이라고 생각하게 된다. 때문에 대부분은 불쾌하고 어두운 결과로 이어진다.

왜냐하면, 냉정한 반성은 결코 있을 수 없다. 그저 피곤하기 때문이다. 피로에 지쳐 있을 때의 반성 따위는 모두 우울감에 빠져드는 함정에 불과하다. 피곤할 때는 반성을 하거나 돌이켜 보거나, 더군다나 일기 같은 것을 써서는 안 된다.

활발하게 활동하고 있을 때, 무언가 집중해서 몰두하고 있을 때, 즐겁게 하고 있을 때 반성을 하거나 돌이켜 생각하거나 하지 않는다. 따라서 자신이 어리석다고 생각하거나 누군가에 대한 증오를 느꼈을 때는 피곤하다는 증거이다. 그럴 때는 당장에 자신을 쉬게 해야 한다.

〈서광〉

피곤할 때는 푹 자라

자기 혐오에 빠졌을 때, 모든 것이 귀찮고 성가시게 느껴질 때, 무얼 하든 지치고 피곤할 때, 기운을 차리기 위해 어떻게 해야 할까?

도박? 종교? 유행하는 피로해소 요법? 비타민? 여행? 술?

아니, 식사하고 푹 쉬면서 숙면을 취하는 것이 제일이다. 그것도 평소보다 훨씬 더 많이.

눈을 떴을 때 비로소 새로운 힘이 되살아난 새로운 자신을 느끼게 될 것이다.

〈방랑자와 그 그림자〉

누구나 한 가지 재능은 있다

누구나 한 가지 재능은 있다. 그 재능은 그 사람만의 것이다.

그것을 빨리 깨닫고 충분히 활용하여 성공한 사람도 있다. 자신의 재능 자신의 진가가 무엇인지 모른 채 살아가는 사람도 있다.

그것을 자신의 힘만으로 발견하는 사람도 있다. 세상의 반응을 살피면서 자신의 진가가 무엇인지를 계속 모색하는 사람도 있다.

그 재능이 무엇이든 포기하지 않고 씩씩하고 용감하게 도전을 계속한다면 자신의 한 가지 재능을 깨닫게 될 것이다.

〈인간적인, 너무나 인간적인〉

자신의 주인이 되라

착각해서는 안 된다. 자제심이라는 말을 아는 것만으로 모든 것을 자제할 수 있는 것은 아니다. 자제심이란 자신이 현실적으로 행하는 그 자체이다.

하루에 하나 무언가 작은 것을 단념하라. 최소의 것이라도 쉽게 그 정도를 할 수 없다면 자제심이 있다고 할 수 없다. 또한, 작은 사항에 관하여 자제할 수 없다면 큰 사항에 관해서 제대로 자제하는 것은 불가능하다.

자제할 수 있다는 것은 자신을 조절할 수 있다는 것이다. 자신 속에 잠재된 욕망을 스스로 제어하며 욕망에 굴하지 않고 자기 자신이 행동의 주인이 되는 것이다.

〈방랑자와 그 그림자〉

자신의 '왜?'를 알면 길이 보인다

많은 방법론 책을 읽더라도, 유명한 경영자와 부자의 방법을 배우더라도 자신만의 방법은 알 수 없다. 이것은 진실이다. 약 하나를 보더라도 그 사람의 체질에 맞지 않는 경우가 있다. 타인의 방법이 자신에게 맞지 않는 것은 전혀 이상하지 않다.

문제는 일단 자신의 '왜?'를 전혀 알지 못한다는 것이다. 자신이 왜 그렇게 하고 싶은지, 왜 그것을 바라고 있는지, 왜 그렇게 되고 싶은지, 왜 그 길을 가려고 하는지에 대하여 깊이 생각하지 않고 확실하게 구상하지 않았기 때문이다.

이 자신의 '왜?'만 확실히 깨닫는다면 나머지는 간단하다. 어떻게 해야 할지 바로 알 수 있다. 굳이 타인을 흉내 내며 시간을 낭비할 필요가 없다. 이제 자신의 눈으로 자신의 길이 또렷하게 보이기 때문에 남은 것은 그 길을 가면 그만이다.

〈우상의 황혼〉

자신을 아는 것부터 시작하자

자신에 대하여 속이거나 거짓말로 적당히 넘겨서는 안 된다. 자신에게는 늘 성실하게 대하여 자신이 과연 어떤 인간인지, 어떤 심적 버릇이 있으며 어떤 사고와 반응을 하는지 잘 알아야 한다.

왜냐하면, 자신을 잘 알지 못한다면 사랑을 사랑으로 느끼지 못하기 때문이다. 사랑하기 위해, 사랑받기 위해 제일 먼저 자신을 아는 것부터 시작하라. 자신조차도 알지 못한다면 상대를 알 수 없기 때문이다.

〈서광〉

항상 새로워져라

과거에는 이것이 진실이라고 여겨졌지만, 지금은 잘못된 생각이라고 생각한다. 과거에는 이것이야말로 자신의 변함없는 신조라 여겼지만, 지금은 조금 다르다고 생각한다.

그것을 자신이 젊었기 때문이라거나, 어리석고 세상을 잘 몰랐다고 단언하며 버리지 않는 것이 좋다. 왜냐하면, 당시의 자신에게 있어서는 그렇게 생각하고 느끼는 것이 필요했기 때문이다. 당시 자신의 단계에서는 그것이 진실이자 신조였다.

인간은 항상 탈피한다. 항상 새로워진다. 언제나 새로운 삶을 향해 가고 있다. 그러므로 과거에는 필요했던 것이 지금은 필요 없게 된 것에 불과하다. 따라서 자신을 판단하는 것, 남의 평가를 듣는 것은 자신의 탈피를 촉진해 주는 것이다. 더욱 새로운 자신이 되기 위해.

〈즐거운 지식〉

자신을 멀리서 바라보라

인간은 대부분 자신에게는 너그럽고 상대에게는 엄격하다.

왜 그런가 하면, 자신을 바라볼 때 너무 가까운 거리에서 바라보기 때문이다. 그리고 타인을 볼 때는 너무 먼 거리에서 흐릿한 윤곽만을 보기 때문이다.

이 거리를 두는 방법을 벗어나 자세히 관찰하면 타인은 그다지 비난할 만한 존재가 아니고, 자신은 그다지 너그럽게 허용할 존재가 아니라는 것을 깨닫게 될 것이다.

〈여러 가지 의견과 잠언〉

해석의 딜레마

모든 것은 어떤 식으로도 해석할 수 있다.

처음부터 좋은 것, 나쁜 것으로 나뉘어 있지 않다. 좋다고 여기는지 나쁘다고 여기는지, 도움이 될지 안 될지, 훌륭한지 추악한지를 판단하는 것은 결국 자신이다.

그러나 어떻게 해석하든 간에 그 순간부터 그 해석 속에 자신을 끼워 맞추게 된다는 것을 알아야 한다. 다시 말해, 해석에 사로잡혀 그 해석이 가능한 관점에서만 대상을 보게 되는 것이다.

즉, 해석과 그로 인해 비롯되는 가치판단이 자신을 얽매게 되는 것이다. 그러나 해석하지 않고는 대상을 판단할 수 없다. 때문에 인생을 풀어 가는 데 있어서 궁지에 몰리게 된다.

〈농담, 거짓말, 보복〉

자기 자신을 찾고 싶은 사람에게

자신이 어떤 사람인지 이해하고 싶은 사람은 다음과 같은 질문을 스스로에게 던져 진지하게 대답해 보기 바란다.

지금까지 진실하게 사랑한 것은 무엇이었나? 자신의 영혼을 드높인 것은 무엇이었나? 무엇이 자신의 마음을 충족시키고 기쁘게 하였는가? 지금까지 어떤 것에 몰두하였는가?

이 질문에 대답할 때, 자신의 본질이 명확하게 드러날 것이다. 그것이 당신 자신이다.

〈교육자로서의 쇼펜하우어〉

항상 기분 좋게 사는 요령

기분이 언짢아지는 가장 큰 이유 중의 하나는 자신이 한 일, 자신이 만든 것이 사람들에게 도움이 되지 않는다고 느끼는 것이다.

따라서 언짢아하는 노인이 있다. 반면에 화창한 청춘의 한복판에 있는 젊은이들이 언짢아하는 것은 자신이 사회 속에서 생산적인 존재가 되기에 아직 많은 어려움이 있기 때문이기도 하다.

그러므로 항상 기분 좋게 사는 요령은 남을 돕거나, 누군가에게 도움이 되는 것이다. 그럼으로써 자신이라는 존재의 의미를 실감하게 되고, 그것이 순수한 기쁨이 된다.

〈인간적인, 너무나 인간적인〉

호기심에 휘둘리지 마라

주변과 세상에서 벌어지고 있는 온갖 사건이 일어날 때마다 참견하면, 결국 자신은 빈껍데기만 남게 된다. 그런데도 자신의 공허함을 채우기 위해 온갖 것에 얼굴을 내미는 사람이 있다.

호기심은 자신의 능력을 발화시키기 위해서는 중요하지만, 세상의 모든 것을 보고 들을 수 있을 만큼 인생은 길지 않다. 젊었을 때 자신과 연관된 방향을 착실하게 발견하고 그것에 전념하는 것이 훨씬 현명하고, 자신을 충만하게 할 수 있다.

〈방랑자와 그 그림자〉

공포심은 자신의 속에서 싹튼다

이 세상에서 벌어지는 악의 4분의 1은 공포심에서 비롯된다.

공포심을 품고 있으므로 체험한 경험이 있는 많은 일에 대하여 여전히 괴로워하고 있다. 아니, 아직 체험하지 않은 것조차도 두려워하며 괴로워하고 있다.

그러나 공포심의 정체란 지금 바로 자신의 마음 그 자체이다. 물론 그것은 스스로 어떻게든 바꿀 수 있다. 자신의 마음이니까.

〈서광〉

'~를 위해' 하는 행위를 그만둬라

아무리 좋아 보이더라도 '~를 위해' 하는 행위는 천박하고 탐욕스러운 것이다.

누구를 위한 것일지라도, 어떤 일을 위한 것일지라도 그것이 실패했다고 여겨졌을 때는 상대, 혹은 상황이나 무언가의 탓으로 돌리고 싶은 마음이 생겨날 것이고, 잘되었을 때는 자기 덕분이라고 하는 자만심이 싹트기 때문이다.

다시 말해, 실제로는 자신을 위한 행위이다.

그러나 순수하게 본능적인 사랑으로 비롯되었을 때는 '~를 위해' 라는 말도 생각도 떠오르는 일은 없다.

〈자라투스트라는 이렇게 말했다〉

친구를 바라기 전에 자신을 사랑하라

가능한 한 많은 친구를 바라거나 만나자마자 친구로 인정하고, 항상 누군가 동료와 함께 있지 않으면 불안해하는 것은 자신이 위험한 상태라는 증거이다.

진정한 자신을 찾기 위해 누군가를 원한다. 자신과 더 많이 상대해 주기를 바라기 때문에 친구를 원한다. 막연한 안정감을 추구하여 누군가에게 의지한다. 왜 그런 것일까? 고독하기 때문이다. 왜 고독한 것일까? 자신을 제대로 사랑하고 있지 않기 때문이다. 그러나 그런 가벼운 친구가 아무리 많더라도 고독의 상처는 치유되지 않고 자신을 사랑할 수도 없다. 눈속임에 불과하기 때문이다.

자신을 진정으로 사랑하기 위해서는 먼저 자신의 힘만을 이용하여 무언가를 해야 한다. 자신의 발로 높은 곳을 지향하여 걸어가야만 한다. 거기에는 고통이 따른다. 그러나 그것은 마음의 근육을 단련시키는 고통이다.

〈자라투스트라는 이렇게 말했다〉

자신의 집을 세울 장소는

여러 곳을 여행한다고 해서 자신에게 맞는 나라를 찾을 수 있을까? 온갖 토지를 둘러보고 다니더라도 자신의 집을 세울 장소를 찾을 수 있을까?

그보다는 강인하고도 온화한 곳, 그곳을 자신의 조국으로 여기고 그 속에서 자신의 집을 세워야 하는 것이 아닐까? 복잡한 도심 속에 있더라도, 한적한 곳에 있더라도 강인하고 온화함을 유지한다면 계속 안심하고 있을 수 있다.

〈서광〉

무한의 풍요가 자신에게 있다

같은 것을 상대하고 있더라도 어떤 사람은 하나나 둘 정도밖에 거기서 얻을 수 없다. 이것은 보통 능력의 차이라고 여긴다.

그러나 사실 사람은 그것으로부터 무언가를 얻어내는 것이 아니라 자신 속에서 얻고 있다. 그것에서 촉발하여 자신의 마음이 향하는 것을 스스로 찾아내는 것이다.

다시 말해 풍요로운 대상을 찾는 것이 아니라 자신을 풍요롭게 하는 것, 이것이야말로 자신의 능력을 높일 수 있는 최고의 방법이자 인생을 풍요롭게 살아가는 것이다.

〈즐거운 지식〉

영웅적 인간

전해 받은 것, 혹은 강요당한 것. 그것은 사람이 내면의 권고에서 벗어나기 위해 이용하는 부끄러운 말이자 그 권고에 귀를 기울이는 모든 사람, 따라서 위대한 인간에 대한 모욕이다. 이러한 사람이야말로 바로 모든 사람 속에 전해 받거나 강요당하는 일이 가장 적은 인간이다. 그 또한 모든 왜소한 인간과 마찬가지로 만약 자기 자신과 이웃과 평화롭고 평범한 관계를 맺고 있다면 삶은 얼마나 쉬운 것이겠는가? 또한, 그가 파고들 수 있는 잠자리가 얼마나 편안한 것인지 잘 알고 있다. 그러나 그 인간의 모든 질서는 삶이라는 것은 사상의 기분 전환을 끊임없이 계속하는 속에서는 느낄 수 없는 구조로 되어 있다. 그는 무엇 때문에 이렇게 강렬하게 그 반대를, 삶 자체를 느끼려 하는 걸까? 다시 말하자면 삶 때문에 고통을 당하려 하는 걸까? 그것은 사람들이 그를 속여 그 자신의 자아에 다가가지 못하게 하길 원하는 것, 그를 자기 자신의 동굴에서 훔쳐내려 하는 일종의 협정이 성립되어 있다는 것을 그가 알고 있기 때문이다. 그래서 그는 반항하며 신경을 곤두세우며 "나는 나 자신으로 있자."라고 결심하는 것이다. 이것은 무서운 결의다. 단, 그는 점차 이것을 이해한다. 왜냐하면, 이제 그는 현 존재의 깊은 곳으로 파고들지 않으면 안 되기 때문이다. 자신이 왜 살고 있는지, 어떤 것을 삶에 대하여 배워야 하는지, 어떻게 하여 자신이 현재의 자기가 되었는지, 그리고 왜 자신이 이 '지금의 존재' 때문에 괴로워하는지와 같은 이상한 질문을 하면서 그는 괴로워한다. 그리고 보게 된다. 모두 다 그렇게 괴로워하고 있지는 않다는 것, 오히려 그의 이웃의 손은 정치 무대가 제시하는 환상적인 사건에 대하여 역정적으로 뻗어 있다는 것, 혹은 그들 스스로 무수한 가면 뒤에 청년, 장년, 노인, 시민, 종교인, 공무원, 상인으로 당당하게 돌아다니며 그들의 공동 희극에 열중한 채 자기 자신에 대하여 전혀 생각하지 않고 있다는 것을. 그들은 모두 "너는 무엇을 위해 사는가?"라는 질문에 대해서는 당장에 자랑스럽게 대답할 것이다. "훌륭한 시민, 혹은 학자, 아니면 정치가가 되기 위해서."라고. 그런데도 그들은 다른 무엇도 될 수 없는 상황이다. 그리고 무엇 때문에 그들은 그런 존재밖에 될 수 없는 걸까? 아아! 그리고 무엇 때문에 보다 나은 존재가 아닌 걸까? 자신의 삶을 단지 어떤 종족, 어떤 국가, 어떤 학문의 발전과 길 위의 한 점으로만 이해하기 때문에 생성의 사건 속에, 역사 속에 귀속하고자 하는 인간은 현 존재가 그에게 부여한 숙제를 전혀 이해하지 못한 것이다. 그래서 그는 그것을 다시 한번 배워야 한다. 이 영원의 생성은 인간이 자기를 잊고 몰두하는 것의 가짜 인형극이기도 하고, 본래는 개성을 사방으로 발산하는 기분의 전환이기도 하고, 시간이라는 커다란 아이가 우리 눈앞에서 우리와 함께 연기하는 한없이 어리석은 연극이다. 진실함이라는 헤로이즘은 언젠가 시간이라는 아이의 장난감에서 벗어나는 것에 있다. 생성 속에 있으면 모든 것은 공허하고, 허위이고, 피상으로 우리가 경멸하기에 걸맞다. 인간이 풀어야 할 수수께끼는 단지 존재에서, 다시 말해 '이렇게 존재하고 다른 것이 아닌 것.' 속에, 또한 영원히 변함이 없는 것 속에서 풀 수 있다. 이제 인간은 자신이 얼마나 깊이 생성과 존재와 긴밀하게 연결돼 있는지를 음미하기 시작한다. 하나의 거대한 과제가 그의 영혼 앞을 가로막고 서 있다. 모든 생성하는 것을 파괴하고 사물의 온갖 거짓된 것을 백일하에 드러내는 것. 그 또한 모든 것을 인식하기를 바란다.

그러나 자기를 양보하고 사물을 즐기고자 하는 유약함 때문은 아니다. 그 자신이 만든 최초의 희생인 것이다. 영웅적 인간은 자기 생활의 안부, 스스로의 미덕과 악덕, 그리고 자기의 척도에 의한 사물의 측정을 경멸한다. 그는 자기 자신에 대하여 더 이상 아무것도 바라지 않고 모든 사물에 있어서 이 절대적인 심연을 보기를 바란다. 그의 힘은 그런 자기 망각 속에 있고, 그가 자기에 대해 생각할 때는 그 높은 목표로부터 자기에 이르기까지를 측정하는 것으로 그에게는 자기라고 하는 것이 마치 쓸모없는 녹과 같은 것으로 자기의 배후와 자기의 발밑에 있는 것 같은 생각이 든다. 과거의 사상가들은 온 힘을 다해 행복과 진실을 추구했다. 그리고 사람은 바라서는 안 되는 것을 절대 찾아내지 않을 것이라고 자연의 악의적인 법칙은 말하고 있다. 그러나 모든 것 안에 진실이 아닌 것을 추구하며 스스로 나서 불행으로 들어가는 인간에게는 아마도 환멸의 별종인 기적이 기다리고 있다. 형언할 수 없는 어떤 것이 그에게 다가온다. 그 어떤 것에 있어서는 행복과 진실이라는 것은 우상적 환영에 불과하다. 세계는 그 무게를 잃고 지상에서 벌어지는 온갖 힘은 여름날 저녁에 그에게 투영된 희미한 빛이 퍼져나가듯 몽환적인 것이 되어 간다. 그것에 빠져든 인간에게는 마치 자신이 막 잠에서 깬 것 같은, 그리고 단지 아른거리는 꿈의 구름이 아직 자신의 주변에서 아른거리고 있는 것 같은 느낌이 든다. 그 구름도 이윽고 사라져버릴 것이다. 그때는 바로 낮이다.

(교육자로서의 쇼펜하우어)

동물에서 인간으로

분별이 있는 사람들은 어떤 시대에서나 동물에게 동정심을 가지고 있었고 그 이유는 바로 동물들은 고뇌의 가시를 자신을 향해 그들의 현 존재를 형이상학적으로 이해하는 능력이 없기 때문이다. 정말이지 의미가 없는 고통을 본다는 것은 마음 깊은 곳에서 화가 치미는 일이다. 그래서 죄를 짊어진 인간의 영혼이 이 동물들의 신체 속에 깃드는 것이고 언뜻 보기에도 화가 치밀게 하는 의미 없는 괴로움은 영원한 정의 앞에서 완전한 의미와 의의와 다시 말해 벌과 상이라는 의미를 갖는다는 억측이 생긴 것은 지상의 단 한 곳에 머물지 않는다. 그런 동물로서 굶주림과 욕망 하에 살면서 그 삶에 대해 그 어떤 배려도 하지 않는다는 것은 무거운 형벌임이 틀림없다. 맹수의 운명보다도 고통스러운 것은 생각할 수 없다. 그것은 더없이 가혹한 고통에 따라 사막으로 내몰려 마음의 흡족함이 거의 없으며 그 희박한 만족감조차도 다른 동물과 서로 살을 찢는 싸움과 속이 메스꺼운 탐욕과 포만감에 의해 겨우 주어지는 것이다. 이렇게 맹목적이고 광기 어린 삶에 집착하여 결코 그 이상으로 자신이 이렇게 벌을 받고 있다는 것, 또한 그것이 왜인지를 깊이 알지 못한 채 마치 행복을 추구하듯이 이 벌을 끔찍한 욕정의 어리석음으로 추구하는 것. 이것이 바로 동물이다. 그리고 모든 자연이 인간에 육박할 때는 자연 그 자체로 인해 자연이 짐승 같은 생활의 저주에서 벗어나기 위해서는 인간이 필요하다는 것, 현 존재는 마지막에 인간 속에서 자기의 모습을 투영시켜 거기서는 삶이 더 이상 무의미한 것이 아니라 그 형이상학적인 의미 속에 투사된다는 것을 암시하는 것이다. 그러나 사람은, 잘 생각해보자. 동물은 어디서 끝나고 인간은 어디서 시작하는 걸까? 자연에 있어 유일한 관심사인 인간이라는 존재가! 모두가 행복을 추구하듯 삶을 추구하는 한 그 사람은 아직 눈길을 동무의 시계 이상으로 고양하지 못한 채 단지 동물이 맹목적인 충동 속에서 추구하는 것을 그보다는 약간 의식적으로 바라고 있는 것에 불과하다. 그러나 우리 모두에게 있어서 인생의 대부분을 통해 그런 일들이 진행되어 간다. 우리는 평소에는 짐승의 습성에서 벗어날 수 없다. 우리 자신이 동물이고 무의미한 고통으로 괴로워하고 있다는 듯이 여겨진다.

그러나 우리가 이것을 깨닫는 순간이 있다. 그 순간 구름은 갈라지고 우리는 자신들이 모든 자연과 함께 인간에게, 다시 말해 우리를 초월한 높은 곳에 있는 무언가에 육박하는 것을 본다. 갑자기 열린 그 빛 속에 두려움에 전율하면서 우리는 자신의 주변과 뒤를 둘러본다. 그곳에는 문명화된 맹수들이 달리고 있고 우리는 그 한복판에 있는 것이다. 지상의 거대한 사막에서 인간의 거대한 활동, 도시 및 국가의 건설, 그들의 전쟁 수행, 멈출 줄 모르는 집합과 해산, 혼잡한 교착, 서로를 흉내 내고 책략을 주고받고 서로를 짓밟는 곤란 속에서의 비명, 승리의 성난 함성, 이 모든 것은 짐승의 습성의 연속이다. 그 모습은 마치 인간이 고의로 퇴화해 그 형이상학적인 기초를 강탈하지 않으면 안 되는 것처럼 보이고, 실로 자연은 그렇게 오랫동안 인간을 동경하고 겨우 인간이 된 후에 이제는 인간으로 후퇴하여 오히려 다시 짐승의 습성이 무의식으로 되돌아가고 있는 것처럼 보인다. 아아, 자연은 인식을 해야 하지만 자연은 본래 자신을 괴롭히는 인식이라는 것을 두려워하고 있다. 그래서 불꽃은 불안하게 떨리며 마치 자기 자신을 두려워하며 이리저리 흔들리며 자연이 무릇 인식을 해야 하는 이유를 찾기 전에 먼저 수천이라는 사물을 받아들인다. 우리는 누구나 모든 순간에 있어서 우리 삶의 광범위한 영위는 단지 우리 본래의 과제로부터 도피하기 위해 만들어진 것이라는 것을 알고 있다. 또한, 우리는 어딘가에 머리를 감추고 싶다는 것을 알고 있다. 마치 그곳에서는 무수한 눈을 가진 우리의 양심이 우리를 붙잡을 수 없기라도 하다는 듯이. 우리는 알고 있다. 우리가 자신의 마음을 국가에, 돈벌이에, 사회에, 혹은 학문에 거칠게 떠맡기고 있는 것도 단순히 그러한 양심을 더 이상 가지고 있지 않기 때문이라는 것을. 우리는 알고 있다. 우리 자신이 사는 데 필요한 것 이상으로 열중하고 몰두하여 힘든 매일의 업무의 노예가 된다는 것을. 그것도 의식을 회복하지 않는다는 것이 우리에게는 더욱 필요하다고 여겨지기 때문이다. 그러한 초조함은 사회 일반에서 볼 수 있는 현상이다. 그것은 개개인이 자기 자신으로부터 도주하려 하고 있기 때문이다. 이 초조함을 두려움으로 은폐하려고 하는 것 또한 일반적으로 볼 수 있는 현상이다. 그것은 자신이 만족하고 있다는 듯이 보여주기 위함이자 자신의 초라함에 대한 혜안을 가진 관찰자의 눈을 속이고 싶기 때문이다. 신기하게도 울려 퍼지는 듯한 말을 울리게 하려는 요구도 일반적으로 보이는 현상이다. 그러한 말을 매단 채 삶은 무언가 왁자지껄한 축제 같은 것을 손에 넣지 않고는 참지 못한다. 우리는 문득 불쾌한 일들을 떠올리며 성급한 태도와 소리로 그런 생각들을 자신들의 마음속에서 지워버리려고 노력하지만, 우리는 누구나 그런 기묘한 상황을 잘 알고 있음에 틀림이 없다. 그러나 일반적 삶에서 엿볼 수 있는 그러한 태도와 소리는 우리가 모두 항상 그러한 상태 속에, 다시 말해 떠올리는 것, 내면에 침재하는 것에 대한 공포를 느끼고 있다는 것을 보여주고 있다. 그런데 우리를 이렇게 자주 엄습하는 것은 무엇일까? 어떤 벌레가 우리를 잠들지 못하게 하는 것일까? 우리의 상태는 마치 유령과도 같다. 삶의 모든 순간은 우리에게 무언가를 말하고자 하고 있다. 그러나 우리는 이 유령의 소리를 들으려 하지 않는다. 우리가 홀로 조용히 있을 때 무언가를 우리 귀에 속삭이는 것이 두렵다. 그러므로 우리는 정숙을 싫어하고 무리를 이룸으로써 자신을 속이고 있다.

앞에서 말했던 것처럼 우리는 언젠가 이런 모든 것을 이해하게 된다. 그리고 모든 현기증이 날 것 같은 불안과 초조함에 대하여, 또한 우리 삶의 꿈같은 모든 상태에 대하여 놀라게 된다. 우리의 삶은 자각을 두려워하는 것처럼 보인다. 그리고 이 자각의 때가 가까워질수록 그 삶은 드디어 벌떡 일어나 불안을 느끼면서도 꿈꾸려 한다. 그러나 우리는 동시에 그 가장 깊은 깨달음의 순간에 오래 견디기 위해서는 자신들이 너무나도 나약하다는 것을 느낀다. 우리가 단 한 번이라도 수면으로 머리를 쳐들고 어떤 흐름 속에 깊이 빠져 있는지를 확인하는 것만으로도 이미 충분하다. 잠깐의 순간에 수면으로 떠 올라 자각한다는 것, 그것조차도 역시 우리에게는 자신의 힘으로는 불가능하다. 우리를 올려줄 무언가가 필요한 것이다. 그리고 우리를 들어 올려주는 것은 과연 누구일까?

그것은 진실한 사람들이자 더 이상 동물이 아닌 철학자, 예술가, 그리고 성인들이다. 그들이 출현할 때에만, 그리고 그 출현에 의해서만 결코 비약할 수 없었던 자연이 그 유일한 비약을 도전하고, 또한 그것은 환희의 도약이다. 왜냐하면, 자연은 처음으로 목표에 도달했다는 것을 느끼게 되고 비로소 자연은 목표를 향하고 있다는 것을 잊어서는 안 된다는 것, 그리고 삶과 생성이라는 도박에 너무나 많은 것을 걸었다는 것을 깨닫게 된다. 자연은 이 인식으로 정화된다. 나른한 저녁의 피로, 그 사람들이 '아름다움' 이라 칭하는 것이 자연의 모습 위에 편안하게 떠 있게 된다. 그때 자연이 광명을 비추는 듯한 표정으로 말하는 것, 그것은 현 존재에 대한 커다란 개명開明이다. 그리고 죽어야 할 운명의 인간이 바랄 수 있는 최고의 소망은 오래 계속해서 다시 듣고 이 개명의 말을 귀 기울여 듣는 것이다.

〈교육자로서의 쇼펜하우어〉

가능한 한 행복하게 살자. 그러기 위해서라도 지금은 무조건 즐기자. 솔직하게 웃으며 이 순간을 온몸으로 즐기자.

제 2 장

기쁨에 대하여

기쁨이 아직 부족하다

더 기뻐하라. 아주 사소한 일이더라도 충분히 기뻐하라. 기뻐하는 것은 기분을 좋게 하고 몸의 면역력 또한 높여준다.

부끄러워하지 말고, 참지 말고, 사양하지 말고 기뻐하라. 웃어라. 솔직한 마음으로 아이들처럼 기뻐하라.

기뻐하면 사소한 일들은 잊어버린다. 타인에 대한 혐오와 증오도 엷어진다. 주변 사람들도 즐거워할 정도로 기뻐하라.

기뻐하라. 이 인생, 더욱더 기뻐하라. 기쁨, 즐거워하면서 살아가자.

〈자라투스트라는 이렇게 말했다〉

아침에 일어나면 생각하라

하루를 좋은 출발로부터 시작하고 싶다면 눈을 떴을 때 오늘 하루 중에 적어도 한 사람에게, 적어도 한 가지 기쁨을 나눠줄 수 없을지 생각하는 것이다.

그 기쁨이 사소한 것이라고 괜찮다. 그리고 어떻게 해서든 이 생각을 실현할 수 있도록 노력하며 하루를 보내는 것이다.

이 습관을 많은 사람이 익힌다면 자신만이 이익을 얻고자 하는 기도보다 훨씬 빨리 세상을 바꿀 수 있을 것이다.

〈인간적인, 너무나 인간적인〉

누구나 기뻐할 기쁨을

우리의 기쁨이 다른 사람들에게 도움이 되고 있을까?

우리의 기쁨이 타인의 한과 슬픔을 더욱 크게 하고 모욕을 주고 있지는 않은가?

우리는 정말로 기뻐해야 할 것을 기뻐하고 있는 걸까?

타인의 불행과 재난을 기뻐하고 있는 것은 아닐까? 복수심과 경멸과 차별의 마음을 만족하게 하는 기쁨은 아닐까?

〈힘에 대한 의지〉

일하는 것은 좋은 것이다

직업은 우리 삶의 배경이 된다. 배경이 없다면 사람은 살아갈 수 없다.

직업에 종사하는 것은 우리를 악으로부터 멀게 해 준다. 쓸데없는 망상에 사로잡히는 것을 잊게 해준다. 그리고 즐거운 피로감과 보수까지 선물해 준다.

〈인간적인, 너무나 인간적인〉

함께 살아가는 것

함께 침묵하는 것은 멋진 일이다.

더욱 멋진 것은 함께 웃는 것이다.

두 사람 이상 함께하며 같은 체험하고 함께 공감하고 울고 웃으면서 시간을 공유하는 삶은 매우 멋진 일이다.

〈인간적인, 너무나 인간적인〉

즐겁게 배워라

예를 들어 외국어를 배운 지 얼마 되지 않아 조금밖에 말하지 못하는 사람은 이미 외국어에 능통해 유창한 사람보다 외국어를 이야기할 기회에 매우 기뻐한다.

이렇듯 즐거움이라고 하는 것은 항상 어설픈 사람의 손에 있다. 외국어뿐만이 아니라 막 시작한 취미는 언제나 너무나 즐거운 일이다.

그러나 그렇기 때문에 사람은 배우는 것이다. 다시 말해 어른이더라도 놀이의 즐거움을 통해 무언가 달인이 되어 가는 것이다.

〈인간적인, 너무나 인간적인〉

남을 기쁘게 하면 자신도 기쁘다

누군가를 기쁘게 하는 것은 자신을 기쁨을 가득 차게 한다.

아무리 사소한 것이라도 남을 기쁘게 할 수 있다면, 우리의 두 손도 마음도 기쁨으로 [illegible]

〈서광〉

마음에는 항상 기쁨을

영리해져라. 그리고 마음에 기쁨을 품어라.

가능하다면 현명하기도 해라

그리고 마음에는 언제나 기쁨을 품고 있는 것처럼.

이것이 인생에서 가장 소중한 것이니까.

〈방랑자와 그 그림자〉

이 순간을 즐기자

즐기지 않는 것은 바람직하지 않다. 힘든 일에서 일단 눈길을 돌리더라도 지금은 충분히 즐겨야 한다.

예를 들어 가정에서 즐거움을 찾지 못하는 사람이 단 한 명만 있더라도, 누군가가 우울해 하는 것만으로도, 가정은 어둡고 침침하고 불쾌한 곳이 되어 버린다. 물론 그룹이나 조직에서도 마찬가지이다.

가능한 한 행복하게 살자. 그러기 위해서라도 지금은 무조건 즐기자. 솔직하게 웃으며 이 순간을 온몸으로 즐기자.

〈즐거운 지식〉

정신이 고양될수록 섬세한 것에 기뻐한다

정신이 고양되고 건강하게 자랄수록 그 사람은 갑작스러운 웃음과 천박하고 큰 웃음소리를 내지 않는다. 경솔하고 파멸적인 큰 웃음소리는 거의 사라지고 미소와 기쁨의 표정이 늘어 간다.

왜냐하면, 이 인생 속에서 이렇게 많은 즐거움이 아직 감춰져 있다는 것을 발견할 때마다 기뻐하게 될 테니까. 다시 말해 그는 그 미세한 것을 구분할 수 있을 만큼 섬세하고 민감한 정신의 고양에 도달한 것이다.

〈방랑자와 그 그림자〉

육체의 즐거움

육체적 즐거움. 천민들에게는 육체를 서서히 태우는 불, 벌레 먹은 모든 나무와 더러운 모든 천에게는 그 자리에서 뜨거운 불과 연기를 내뿜는 나루

육체적 즐거움. 자유로운 마음에서는 천진스럽고 자유로운 것, 지상 낙원의 행복, 모든 미래가 '지금' 당장 다가오는 넘쳐흐를 것 같은 감사.

육체적 즐거움. 말라 시들어버린 자에게 있어서는 감미로운 독, 그러나 사자의 마음을 가진 자에게는 위대한 강장제. 또한 경외敬畏의 마음으로 비밀스럽게 저장된 특별한 술.

육체적 즐거움. 더욱 큰 행복과 가장 큰 희망을 제시해 주는 위대하고 비유적인 행복. 즉, 그대에게 있어 결혼 이상의 것이 보장된다.

〈자라투스트라는 이렇게 말했다〉

인식에 있어서의 쾌락

무엇 때문에 인식이라는 탐구자나 철학자의 요소는 쾌락과 연결되어 있을까?

첫째, 무엇보다 먼저 사람은 그 경우에 자기의 힘을 의식하기 때문이다. 이는 체조의 실기가 설령 관객이 없더라도 쾌락으로 넘쳐 있는 것과 마찬가지 이유다.

둘째, 인식의 과정을 통해 낡은 관념과 그 대표자들을 초월하여 승리자가 되거나 아니면 적어도 승리자라고 믿기 때문이다.

셋째, 우리가 여전히 매우 작고 새로운 인식을 통해 모든 인간을 초월하고 높이 올라 자기가 그 사건에 대한 진상을 알고 있는 유일한 인간이라고 느끼기 때문이다. 쾌락의 이 세 가지 이유는 가장 중대한 것이지만, 인식하는 사람의 성질에 따라 그밖에도 많은 부차적인 이유가 있다.

〈인간적인, 너무나 인간적인〉

제3장

삶에 대하여

처음부터 시작하라

모든 처음은 위험하다. 그러나 일단 시작하지 않으면 아무것도 할 수 없다.

〈인간적인, 너무나 인간적인〉

인생을 최고로 여행하라

미지의 땅에서 막연한 여정을 소화하는 것만이 여행이라고 생각하는 사람이 있다. 기념품만을 사고 돌아오는 것이 여행이라고 생각하는 사람도 있다.

여행지의 이국적인 모습을 구경하는 것을 즐기는 여행자도 있다. 여행지에서의 만남과 체험을 즐거워하는 여행자도 있다. 반면에 여행지의 관찰과 체험에서 끝나지 않고 그것들을 자기의 일과 생활 속에서 활용해 풍요를 누리는 사람도 있다.

인생이라는 여로 또한 이와 마찬가지다. 순간순간의 체험과 견문을 그 순간만의 기념품으로만 여긴다면 그 인생은 정해진 쳇바퀴를 반복해서 돌 뿐이다.

모든 것을 내일부터의 일상 속에서 활용하여 항상 자신을 펼쳐 나가는 자세를 갖는 것이 인생을 최고로 여행하는 것이다.

〈방랑자와 그 그림자〉

삶과 강하게 마주하는 것을 선택하라

모든 좋은 것은 삶을 재촉한다. 혹은, 삶의 자극이 되는 것이다.

죽음을 소재로 하는 책조차 삶에 대한 자극이 되는 좋은 책이 있다. 생명을 테마로 하고 있으면서도 삶을 왜소화시키는 나쁜 책이 있다.

말이든, 행동이든 삶과 강하게 마주하고 있는 것은 좋은 것이다. 물론 활기차게 사는 것은 계속해서 주변에 좋은 영향을 미친다. 자신이 그런 좋은 것들을 선택함으로써 이미 많은 것들을 살리는 것이 된다.

〈방랑자와 그 그림자〉

높이 오르기 위해 버려라

인생은 그리 길지 않다. 저녁에 죽음이 찾아와도 전혀 이상할 것이 없다. 따라서 우리가 무언가를 할 기회는 항상 지금 이 순간이다. 그리고 그 한정된 시간 속에서 무언가를 해야 하는 이상 무언가를 멀리하거나, 무언가를 완전히 버려야 한다. 그러나 무엇을 버릴지 고민할 필요는 없다. 열심히 행동하는 사이 불필요한 것은 자연스럽게 멀어지기 마련이다. 마치 노랗게 시든 잎이 나무에서 떨어지듯이.

그렇게 우리의 몸은 더욱 가벼워져 지향하던 높은 곳에 점점 가까이 다가가게 되는 것이다.

〈즐거운 지식〉

조금의 후회도 없는 삶의 방식

지금 이 순간의 인생을 다시 한 번 그대로 살아도 좋다고 여기는 삶의 방식을 살아보라.

〈자라투스트라는 이렇게 말했다〉

단언하면 찬동해준다

많은 사람을 이해시키거나 그들에게 어떤 효과를 얻기 위해서는 단언을 해라.

자신의 의견을 정당화시키기 위해 많은 말을 해서는 안 된다. 그것은 오히려 많은 사람의 불신을 사게 된다.

자신의 의견을 관철하고 싶다면 일단 단언하라.

〈여러 가지 의견과 잠언〉

안이한 삶을 원한다면

인생을 쉽게, 그리고 편안하게 보내고 싶은가?

그렇다면 항상 무리를 이루는 사람들 속에 섞여라.

[illegible] 함께 어울리며 자신을 망각하면 된다.

〈힘에 대한 의지〉

탈피하며 살아라

탈피하지 않는 뱀은 파멸한다.

인간도 마찬가지다. 옛 생각의 껍질을 언제까지나 덮어쓰고 있으면 결국 안쪽으로부터 썩어 성장할 수 없는 것은 물론이고 죽음에 이르게 된다.

항상 새롭게 살기 위해 우리는 생각의 신진대사를 시키지 않으면 안 된다.

〈서광〉

직업이 주는 한 가지 은혜

자신의 직업에 전념하는 것은 쓸데없는 생각을 하지 않게 해 주는 것이다. 그 의미에서 직업을 갖는다는 것은 하나의 큰 은혜이다.

인생과 생활상의 근심거리가 생겼을 때, 익숙한 직업에 몰두함으로써 현실 문제로 인한 압박과 근심거리로부터 멀리 벗어날 수 있다.

힘들면 도망쳐도 상관없다. 계속 버티며 괴로워한다고 해서 그에 합당하게 사정이 전환될 거라고 단정할 수 없다. 자신의 마음을 지나치게 괴롭혀서는 안 된다. 자신에게 주어진 직업에 몰두함으로써 근심거리를 멀리하는 사이 틀림없이 무언가가 바뀌게 된다.

〈인간적인, 너무나 인간적인〉

계획은 실행하며 수정하라

계획을 세우는 것은 즐겁고 쾌감을 동반한다. 장기간의 여행 계획을 세우거나, 자신이 좋아하는 집을 상상하거나, 성공할 수 있는 일의 계획을 꼼꼼히 세우거나, 인생의 계획을 세우는 것은 모두 마음을 설레게 하고 꿈과 희망으로 가득한 작업이다.

그러나 즐거운 계획을 세우는 것만으로 인생은 지속하지는 않는다. 살아 있는 이상 그 계획을 실행하지 않으면 안 된다. 안 그러면 누군가의 계획을 실행하기 위해 조연을 하게 된다.

그리고 계획이 실행될 단계가 되면 온갖 장해, 실수, 울분, 환멸 등이 드러난다. 그것들을 하나씩 극복하거나 도중에 포기할지도 모른다.

그렇다면 어떻게 하면 좋을까? 실행하면서 계획을 수정하면 된다. 그러면 즐겁게 계획을 실현해 나갈 수 있다.

〈여러 가지 의견과 잠언〉

생활을 중시하라

우리는 익숙한 사항, 다시 말해 의식주에 관해서는 소홀히 하기 십상이다. 심할 때는 살기 위해 먹는다거나 욕정을 위해 자식을 낳는다고 생각하거나 말하는 사람까지 있을 정도이다. 그런 사람들은 평소의 생활 대부분이 추락이고, 무언가 다른 고상한 것이 달리 있다는 듯이 말한다.

그러나 우리는 인생의 토대를 확실하게 지탱해 주고 있는 의식주라고 하는 생활과 좀 더 진지하게 마주해야 한다. 더 생각하고, 반성하고, 개선을 반복하여 지성과 예술적 감성을 생활의 기본으로 삼자. 의식주야말로 우리를 살게 하고 현실적으로 삶을 살아갈 수 있게 해주고 있기 때문이다.

〈방랑자와 그 그림자〉

아이에게 청결 관념을 심어주자

아이에게 특히 훈육해야 하는 것은 청결을 좋아하는 감각이다. 물론 그것은 손을 씻음으로써 더러움과 질병으로부터 몸을 지키고 건강을 지킬 수 있기 때문이다.

또한, 그 청결함을 좋아하는 감각은 이윽고 다른 정신적 측면으로 확산한다. 다시 말해 절도와 그 밖의 악덕을 더러움으로 여기는 감각으로 이어질 수 있다. 마찬가지로 그 아이도 사회적 인간으로서의 절도, 청결함, 후덕함, 훌륭한 성품 등을 좋아하게 된다.

그렇게 습관이 된 청결 관념은 청렴함으로 이어져 살아가는 데 있어서 행복해지는 요소와 계기를 자연스럽게 몸에 익숙히 되는 것이다.

〈방랑자와 그 그림자〉

생활을 디자인하라

쾌적하고 아름다운 삶을 살고자 한다면 그 요령을 예술가의 기술이 가르쳐 줄 것이다. 예를 들어 화가는 사물의 배치에 신경을 쓴다. 일부러 멀리 두거나 기울어 보이게 하도록 하고, 석양이 반사되도록 하거나 그림자가 효과적으로 생기게 한다.

우리도 이와 비슷한 것을 생활 속에서 하고 있다. 인테리어 배치다. 편리함만을 생각해서 가구를 배치하지 않는다. 아름다운 생활을 할 수 있도록 연구한다. 그러지 않으면 잡다하고 엉망인 공간 속에서 살아야 하기 때문이다.

마찬가지로 우리는 생활의 모든 부분과 인간관계를 자신이 원하는 대로 디자인해도 괜찮다.

〈즐거운 지식〉

삶이란 무엇인가

삶, 그것은 죽으려고 하는 무언가를 끊임없이 떼어내는 것이다. 삶, 그것은 우리 자신은 물론이고 나약하고 늙어가는 모든 것에 대한 가혹하고 가차 없는 것이다.

〈즐거운 지식〉

삶과 인식

아니, 삶은 나를 환멸을 느끼게 하지 못했다! 나는 삶이 해마다 점점 풍요로워지고 바람직한 것이 돼 비밀로 가득해지는 것을 바라보았다. 위대한 해방자, 다시 말해 삶은 인식한 자의 실험으로 충분한 것으로 결코 의무도 숙명도 기만이어서도 안 된다는 그 위대한 사상이 우리에게 다가온 그날부터(그리고 인식 자체 그것은 타인에게 있어서는 뭔가 다른 것, 예를 들어 휴식의 침상, 혹은 휴식의 침상으로 가는 길, 또는 오락이고 때로는 한가로운 놀이라고 할지라도 내게 그것은 위험과 승리의 세계이자 그 세계 속에 있어서 영웅적 감정이라는 것도 춤과 싸움터를 가지고 있는 '삶은 그 인식의 한 수단') 이 근본적 명제를 마음에 새기고 과감하고 즐겁게 살며 즐겁게 웃을 수 있다.

〈즐거운 지식〉

소유욕에 정복당하지 마라

소유욕이 악은 아니다. 소유욕은 일해서 돈을 벌도록 촉진해준다. 그 돈으로 사람은 충분한 생활을 영위할 수 있는 것은 물론이고 인간적인 자유와 자립까지도 얻을 수 있다.

그러나 사람이 돈을 쓸 때는 상관이 없지만, 소유욕이 지나치면 사람을 노예처럼 다루기 시작한다. 더 많은 돈을 얻기 위해 모든 시간과 능력을 쏟아붓는 나날이 시작되는 것이다. 소유욕은 휴식조차 용납하지 않는다.

이렇게 소유욕의 노예가 된 사람은 완전히 속박된다. 내면의 풍요, 정신의 행복, 고귀한 이상과 같은 인간적으로 소중한 것들은 무시되게 된다. 결국, 금전적 측면에서만 풍요롭고 내면은 가난한 인간이 되고 만다. 그러므로 소유욕이 어느 순간 자신을 정복할 것 같은지 주의하지 않으면 안 된다.

〈방랑자와 그 그림자〉

목표에 집착하여 인생을 잃지 마라

등산을 한다. 짐승처럼 멈추지 않고, 땀범벅이 된 채 무념무상으로 정상을 향한다. 도중에 아름다운 전망이 있음에도 묵묵히 높은 곳을 향해 오르는 것밖에 모른다. 혹은 여행이나 일상의 일에서도 한 가지 일에만 집착해 다른 것은 까맣게 잊어버린다. 그런 어리석음이 자주 일어나고 있다.

예를 들어 일의 경우에서는 매출을 올리는 것만이 유일한 목적인 양 착각하곤 한다. 그러나 그럼으로써 일을 하는 의미를 잃고 만다.

그러나 이러한 어리석은 행위는 늘 반복되고 있다. 마음의 여유를 잃고, 합리적으로 행동하는 것을 중요하다고 여기며, 인간적인 관점까지 모두 무의미하다고 여기다 결국은 자신의 인생 자체를 잃고 마는 일이 자주 일어나고 있다.

〈방랑자와 그 그림자〉

언젠가는 죽는다

죽는 것은 정해진 사실이니 쾌활하게 살자.
언젠가는 끝이 나니 전력을 다하자.
시간은 정해져 있으니 지금이 바로 기회다.
한숨 쉬며 탄식하는 것은 오페라 배우에게 맡겨라.

〈힘에 대한 의지〉

인간이라는 숙명

이 삶의 시간 속에서 많은 체험을 한 끝에 우리는 인생을 짧다거나 길다고, 풍요롭다거나 가난하다고, 충실했다거나 허무하다고 [illegible]

그러나 자신의 눈이 영원히 먼 곳까지 볼 수 없듯이 살아 있는 육신을 가진 우리의 체험 범위와 거리는 언제나 국한돼 있다. 귀도 모든 소리를 듣지는 못한다. 손도 모든 것을 만질 수는 없다.

그런데도 크다거나 작다고, 딱딱하다거나 부드럽다고 멋대로 판단하고 있다. 게다가 다른 생명체에 대해서도 마음대로 판단하고 있다. 다시 말해 처음부터 한계가 있음에도 불구하고 자신들의 판단이 틀릴 수도 있다는 것을 깨닫지 못하고 있다. 이것이 인간이라는 온갖 크고 작은 숙명이다.

〈서광〉

새로운 아침을 향하여

지금 나는 너희에게 명한다. 나를 버리고 너희를 찾아라. 그리고 너희가 모두 나를 부정하게 되어서야 처음으로 나는 너희에게로 돌아올 것이다. 내가 그때는 지금과는 다른 사랑으로 너희를 사랑하게 될 것이다. 그리고 언젠가 너희들은 더 나아가 내 친구, 희망의 한 자식이 되어 있을 것이다. 그때 나는 위대한 정오를 축하하기 위해 세 번째로 너희에게로 돌아올 것이다. 정오란 인간이 그 궤도의 절반, 짐승과 초인 사이에 서서 저녁노을을 향하는 너희의 길을, 너희의 최고 희망으로서 축복하는 순간이다. 왜냐하면, 그 길은 새로운 아침을 향하는 길이기 때문이다.

〈자라투스트라는 이렇게 말했다〉

삶의 선고

인간은 살기 위해서 과거를 파괴하고 해체할 힘을 가져야만 하고, 때로는 그것을 행사하지 않으면 안 된다. 이것을 달성하기 위해서는 과거를 법정으로 끌어내어 통렬하게 심문하고 최후에는 유죄판결을 내려야만 한다. 그런데 모든 과거는 유죄 판결을 내릴 수가 있다. 왜냐하면, 인간적인 사실들은 다음과 같은 특징이 있기 때문이다. 다시 말해서 그 사실들 속에는 항상 인간적인 폭력과 약점이 유력하게 작용하고 있다. 이때 재판관의 자리에 서는 것은 공정함이 아니고, 또한 여기서 판결을 선고하는 것은 자비가 아니라 단지 삶이다. 다시 말해 저 어둡고 들끓어 오르는 욕망, 끝없이 자기 스스로 바라는 권력일 뿐이다. 이 삶의 선고는 결코 인식의 부드러운 샘에서 솟는 것이 아니므로 항상 무자비하고 항상 불공정하다. 그러나 대부분 경우의 선고는 공정함 그 자신이 판결을 내린다 하더라도 같은 것이 될 것이다.

〈역사의 이해〉

미래를 구축하는 것

오로지 미래를 구축하는 자만이 과거를 평가할 권리를 가지고 있다. 그대들이 앞날을 바라보며 하나의 커다란 목표를 세운다면, 그럼과 동시에 그대들은 왕성한 분석 충동을 제어하는 것이다. 그 충동이야말로 지금 그대들의 현재를 황폐화하고 모든 안정과 모든 평온한 성장과 성숙을 거의 불가능하게 하는 것이다. 그대들의 주변에 광대한 희망과 희망으로 이글거리는 노력 사이에 울타리를 치는 것이 좋을 것이다. 그대들의 마음속에 미래에 걸맞은 상을 그려라. 그리고 자신은 과거의 후손이라는 미신을 지워버려라. 그대들이 미래의 삶을 상상할 때, 그대들에게는 연구하고 발명해야 할 것들이 한없이 펼쳐져 있다. 그러나 그대들은 역사에 대하여 '어떻게' 라는 것, 그리고 '무엇에 의해' 라는 것을 스스로 제시하라고 따지지 말라. 만약 그 반대로 그대들이 위대한 인물들의 역사에 빠져들어 산다면, 그대들은 그것을 통해 성숙하고 당대의 인간을 마비시킨 교육의 속박에서 벗어나야 한다는 최고의 명령을 배우게 될 것이다. 당대는 그대들을 성숙시키지 않고 미숙한 그대들을 지배하고 갈취하는 것에서 이익을 얻고 있다. 그리고 만약 그대들이 전기傳記를 원할 때는 '아무개와 그 시대' 라고 하는 새롭지 못한 후렴구의 것을 찾지 말고, 제목에 '그 시대에 반항한 한 사람의 투사' 라고 적힌 것을 찾도록 하라.

이렇게 비현대적으로 자라고 성숙한, 그리고 영웅적인 것에 익숙한 사람들이 백 명만 있다면, 당장에 현대의 시끄럽고 거짓된 교양의 전부를 영원히 침묵시킬 수 있을 것이다.

〈삶에 대한 역사의 이해〉

생의 무가치성

생의 가치와 존엄함에 대한 모든 신앙은 순수하지 않은 사고에서 비롯되는 것이다. 그러한 신앙은 단지 인류의 일반적인 삶과 고뇌에 대한 공감이 개인 속에서 극히 미약하게 발전하지 않는 경우에만 가능한 것이다. 일반적으로 자기를 초월하여 생각하는 매우 드문 경우의 사람들에게 있어서 또한 이 일반적인 삶이라는 것은 눈에 들어오지 않고 한정된 일부만이 눈에 들어올 뿐이다. 만약 사람이 예외라고 하는 것에(뛰어난 천성과 순수한 영혼이라는 의미에서) 주목하는 것을 이해한다면, 그리고 만약 사람이 그러한 예외적인 사람들의 출현을 세계 발전 전체의 목표로 인정하고 그 사람들의 활동을 기뻐한다면, 사람은 삶의 가치를 믿을 수도 있을 것이다. 왜냐하면, 그것은 바로 그 상황에서는 다른 사람들에 대한 것을 간과하고 있기 때문이다. 그러므로 그는 순수하지 않은 사고를 하는 것이다. 그와 마찬가지로 만약 사람이 정말로 모든 인간을 눈안에 넣고 있지만 모든 인간 중에 단 한 종류의 충동, 다시 말해 비교적 이기적이지 않다고 여겨지는 종류의 것만을 인정하고 그것을 다른 온갖 충동과 비교하여 용인할 때, 사람은 다시 인류 전체에 대하여 어떤 희망을 품을 수 있고 그 안에서는 삶의 가치를 믿을 수 있다. 따라서 이 경우 또한 사상의 순수하지 아니한 성질이라는 것에 의해 그럴 수 있다. 그러나 사람이 어떤 일정한 태도를 보인다면 그는 이 태도에 의해 인간 사이에 있어서 하나의 예외가 된다. 그런데 대부분의 사람은 크게 불만을 품지 않고 삶을 이겨내고 있으며 그럼으로써 현 존재의 가치를 믿고 있어야 한다. 그러나 그것은 바로 각 개인이 그 예외적인 사람처럼 홀로 바라고, 홀로 주장하며 자기를 소멸[illegible] 있기 때문이다. 모든 개체의 외부에 있는 것은 그들에게 있어 전혀 인정되지 않거나 혹은 고작해야 하나의 그림자로서 인정될 뿐이다. 따라서 평범한 일상적 인간에게는 자기를 세계보다도 중요한 것으로 생각하는 것에만 삶의 가치가 있을 뿐이다. 그들이 품고 있는 공상의 최대 결함은 그가 다른 존재 속으로 파고들어 가 느끼는 것을 불가능하게 하고 때문에 가능한 다른 존재의 운명과 고뇌에는 관여하도록 만들어버린다. 그와 반대로 진정으로 타자의 운명과 고뇌에 관여할 수 있다고 한다면 삶의 가치라고 하는 것에 절망하지 않을 수 없을 것이다. 만약 그에게 인류의 모든 의식을 자기 속에서 찾고 느끼는 것이 성공한다면 현 존재에 대한 저주로 자아가 파멸하고 말 것이다. 왜냐하면, 인류는 전체로서는 그 어떤 목표도 소유하고 있지 않고, 그 때문에 인간은 인류 전체의 흐름을 관찰하고 그 속에서 그의 위안과 의지할 대상을 발견하는 것은 불가능하고 절망만을 발견하기 때문이다. 만약 인간이 자기의 모든 행위에 있어서 인간의 궁극적인 무목표성을 발견한다면 그 자신의 활동은 그의 눈에는 낭비의 성격을 띤 것으로 비칠 것이다. 그러나 자기를 인간으로서(그리고 단순히 개인으로서만이 아니라), 마치 우리가 하나하나의 꽃이 자연에 의해 낭비되고 있는 것을 보는 것과 마찬가지로 낭비되고 있다고 느끼는 것, 그것은 모든 감정을 초월한 하나의 감정이다.

그러나 이렇게 되면 우리의 철학은 비극이 되고 마는 것이 아닐까? 진실은 산다는 것에 대하여, 더욱 나아지는 것에 대하여 적의를 품지 않을 것인가? 하나의 의문이 우리의 혀에 걸린 채로 소리로 발산되지 않을 것처럼 느껴진다. 다시 말해 사람은 의식적으로 비진실 속에 머무를 것인지, 아니면 만약 사람이 그렇게 할 수밖에 없다면 그때는 오히려 죽음을 선택해야 마땅하지 않을까 하는 의문이다.

아직 단 하나의 생각이 남아 있지만, 그것은 개인적인 해답으로는 절망을, 이론적 해답으로서는 파산의 철학을 초래하는 것이라는 것이 정말일까? 내가 믿는 것은 인식의 영향에 관한 결정은 한 개인의 기질에 따라 부여된다는 것이다. 지금 말했던 그 각각의 성질에 있어서 일어날 수 있는 영향과 마찬가지로 또 하나의 다른 영향을 생각할 수 있을 것이다. 그 영향에 의한다면 현재의 삶보다 훨씬 단순하고 훨씬 정념으로부터 정화된 삶이 탄생할 것이다.

사람은 이제 사람들 사이에 있으면서, 그리고 자기와 함께 마치 자연 속에 있듯이 칭찬도, 비난도, 격정도 없이 살아갈 것이다. 지금까지는 그저 두려워해야만 했던 많은 것들을 마치 하나의 연극을 즐기는 것처럼 즐기면서. 물론 여기서 필요한 것은 위에서 말했던 것처럼 훌륭한 기질이자 확고한 친절함, 마음속 깊은 곳에 존재하는 쾌활한 영혼이자 음험한 책략과 갑작스런 폭발에 대한 경계가 필요 없는, 그리고 그런 것들 속에서 어떤 불평을 중얼거리는 모습과 불쾌함(오랫동안 줄에 묶여 있던 늙은 개나 사람에게서 볼 수 있는, 사람들이 잘 알고 있는 성가신 성질)을 가지지 않은 듯한 기분이다. 그저 즐겁고 좋게 인식하기 위해서만 살아가는 것처럼 삶 속에서 통상적으로 볼 수 있는 속박에서 벗어난 인간은 오히려 많은 것을, 아니 다른 사람에게는 가치가 있을 수 있는 거의 모든 것을 선망과 불쾌감 없이 단념할 수 있어야 한다. 가장 바람직한 상태로는 인간, 도덕, 법칙, 그리고 사물의 인습적 존중을 초월하여 자유롭게 두려워하지 말고 유유자적함으로써 만족해야 한다. 이 상태에서의 기쁨을 그는 진심으로 타인으로 전하게 되고, 아마도 그 외에는 아무것도 남에게 전할 것을 갖고 있지 않다.

물론 그 속에는 자제나 체념이 더욱더 감춰져 있겠지만. 그러나 그럼에도 불구하고 사람이 그에게 그 이상으로 많은 것을 요구한다면 그는 호의적으로 머리를 흔들고 그의 형제라고 할 수 있는 자유로운 행위자임을 표명하면서 아마도 약간의 비웃는 듯한 기분을 감추지 않고 드러낼 것이다. 왜냐하면, 그렇게 하는 것은 그 행위자의 '자유'와 독자적인 유연類緣관계가 있기 때문이다.

〈인간적인, 너무나 인간적인〉

예술의 저녁노을

사람이 노령에 들어 청춘을 회상하고 기억의 축제를 축복하듯이 인류의 예술에 대한 관계는 거의 청춘의 환희에 대한 감동적인 회상이라 할 수 있는 무언가가 있다. 죽음의 마력이 예술 주변을 맴돌고 있는 현대만큼 예술이라고 하는 것이 이렇게 깊이 영혼에 넘쳐난 적은 지금까지 없었다고 하는 것은 아마도 진실일 것이다. 1년 중에 하루는 여전히 그리스의 축제를 축복했던 이탈리아 남부의 그리스 도시를 떠올려보면 좋을 것이다. 외국의 야만이 점점 자신들의 전통 습관에 대하여 승리를 거둔 것에 대하여 우울함과 눈물로써 그 도시는 축제를 축복한 것이다. 죽음을 견디고자 하는 이 헬라스인들만큼 헬라스적인 것을 음미해야 했던 적은 아마 단 한 번도 없었을 것이고, 이렇게 강렬한 욕구를 가지고 이 금빛 제주祭酒가 따라진 곳은 어디에도 없었다. 예술가는 이윽고 훌륭한 존재물로 인정되고 예술가에 대해서는 마치 그 힘과 아름다움을 통해 전대前代의 행복을 지탱하던 외국인을 대하듯이 우리가 같은 국민에게는 쉽게 하지 않았을 만큼의 경의를 표하게 될 것이다. 우리에게 있어 가장 좋은 것은 아마도 전대의 감수성으로부터 전수되었다. 그러나 우리는 이제 직접 그곳에 이르는 것이 거의 불가능하다. 태양은 이미 저물었다. 그러나 우리 삶의 하늘은 이글거리며 아직 태양의 빛이 빛나고 있다. 우리는 더 이상 태양의 모습을 보지 않지만.

〈인간적인, 너무나 인간적인〉

인생의 사계

1년의 사계를 인간 연령의 네 단계에 비교하는 것은 어리석게 거드름 피우는 일이다. 만약 사람이 그러한 비교를 하여 하얀 머리끼리요 흰 눈과 같은 색채의 유희만으로 만족하지 못한다면 인생의 최초 20년 동안도, 그리고 그 후의 20년 동안도 사계 중 어느 계절에 대응하는 것이 없다. 최초 20년은 일종의 긴 새해로서 인생 일반에서의, 삶 전체에서의 준비 기간이다. 그리고 마지막 20년 모두는 단지 이전에 체험한 것을 조감하고, 심화하고, 정당화하여 어우러지게 하는 것뿐이다. 그것은 마치 사람이 소규모이기는 하지만 섣달 그믐날에는 늘 지난 1년에 대해 하는 것과 마찬가지이다. 그러나 그 중간에서는 사계와 비교해서 거의 근접한 기간이 실제로 있다. 그것은 20살부터 50살에 이르는 기간이다. (여기서 시험적으로 통틀어 10년이라는 척도로 가늠해 보려 했지만. 그리고 이 경우 개개인이 그 체험에 비추어보아 이러한 조잡한 계산서를 스스로 정밀하게 다시 생각해 보지 않으면 안 된다는 것은 물론이지만) 그 30년은 사계의 세 계절, 다시 말해 여름과 봄과 가을에 해당

한다. 겨울이란 인생에서는 없다. 만약 사람이 유감스럽게도 휘말리는 일이 드물지 않은 힘들고, 차갑고, 외롭고, 희망이 없고, 결실이 없는 병환의 시기를 인간의 겨울이라 칭하지 않는다면. 20대. 덥고 괴로운 일이 많으며 거친 모습에 왕성한 생활 속에서 피곤할 정도로 일하고 저녁이 되어 하루가 끝나면 하루를 칭송하고 이마의 땀을 닦아내는 세월. 일은 우리를 힘들지만 어쩔 수 없는 것으로 여겨지는 세월. 이 20년 동안의 삶은 여름이다. 30대는 그와 반대로 봄이다. 하늘은 때론 따뜻하고 때로는 차갑고 안정적이지 않으며 자극적이다. 가는 곳마다 흘러넘치는 수액, 무성한 잎사귀, 꽃향기가 있다. 매력 넘치는 수많은 아침과 밤. 새들의 노랫소리에 눈을 뜨면 우리를 유혹하는 일, 진정한 일, 자신의 모든 현상에 대한 일종의 음미를 미리 음미하는 듯한 희망에 의해 강요되고 있다. 마지막으로 40대가 있다. 모든 것이 정지된 것처럼 신비롭고 상쾌한 바람이 불고 있는 높고 광활한 고원과도 비슷하다. 그 머리 위로는 구름 한 점 없는 쾌청한 하늘이 있고, 온 낮과 밤을 통해 늘 똑같이 온화한 기분으로 내려다보고 있다. 수확의 시기이자 가장 마음이 담긴 맑고 화창한 시기이다. 그것은 인생의 가을이다.

〈인간적인, 너무나 인간적인〉

인생의 한낮

활동적인, 폭풍우처럼 세찬 삶의 아침을 받은 사람에게 있어서 삶의 한낮 무렵에 유례없이 고요함에 대한 욕구가 영혼을 엄습하여 며칠, 몇 년을 계속될 때가 있다. 그의 주위는 고요에 감싸이고 모든 목소리는 멀리, 더 멀리 울리고 있다. 태양은 머리 위에서 빛을 발산하고 있다. 숲속에 감춰진 목장에 거인 목동의 신이 잠들어 있는 모습이 그의 눈에 들어온다. 자연의 모든 사물은 영원히 하나의 표정을 띤 채 그와 함께 잠이 든다. 그에게는 그렇게 느껴졌다. 그는 아무것도 바라지 않고 아무런 번뇌도 없다. 그의 심장은 정지하고 오로지 그의 눈만이 살아 있다. 그것은 눈을 뜬 채의 죽음이다. 거기서 그 사람은 많은 것을 본다. 아직 본 적이 없었던 많은 것을. 그리고 그가 바라보는 한 만물은 하나의 빛으로 짠 빛의 망, 그 안에 묻혀 있다. 그는 그곳에서 자신을 행복하다고 느낀다. 그러나 그것은 고통스럽고 힘든 행복이다. 그 순간 나무 사이로 바람이 분다. 한낮은 지나갔다. 삶은 그를 다시 불러들인다. 장님의 삶이다. 그의 등 뒤에는 그의 추종자가 몰려온다. 다시 말해 갈망이,

허위, 망각, 향락, 파괴, 무상함이. 그리고 이윽고 저녁이 다가온다. 아침에는 느낄 수 조차 없을 만큼 돌진적으로 활력이 넘치는 저녁이, 그리고 그 뒤에 본래 활동적인 사람들에게 있어서는 마치 한낮의 시간보다 길게 이어지는 인식의 상태라고 하는 것은 거의 섬뜩하고 병적으로 느껴진다. 그러나 불쾌하지는 않다.

〈인간적인, 너무나 인간적인〉

제4장

마음에 대하여

가벼운 마음을 갖자

무언가 창조적인 일을 처리할 때는 물론이고, 평상시의 일을 대할 때도 가벼운 마음을 가지면 잘 풀린다. 그것은 자유롭게 비상하는 마음, 사소한 제약 등은 문제로 삼지 않는 자유로운 마음이다.

선천적인 이 마음이 위축되지 않고 유지하는 것이 바람직하다. 그러면 모든 일을 가볍게 처리할 수 있는 사람이 될 것이다.

그러나 그런 가벼운 마음을 갖고 있지 않다고 자각하고 있다면 다양한 지식을 쌓거나 많은 예술과 접하도록 하자. 그러면 우리의 마음은 서서히 가벼움을 갖게 된다.

〈인간적인, 너무나 인간적인〉

마음에는 빛이 있기 때문에 희망의 빛을 알 수 있다

여기에 희망이 있다고 하더라도 자신 속에 빛과 열정을 체험하지 못한다면, 그것이 희망이라는 것을 깨닫지 못한다. 희망에 대한 그 어떤 것을 보거나 들을 수가 없다.

〈즐거운 지식〉

일상의 역사를 만들자

우리는 역사라고 하는 것을 자신과는 거의 관계가 없는 멀리 떨어진 것이라고 여기고 있다. 혹은, 도서관에 즐비하게 꽂혀 있는 낡은 책 속에 있는 것이라고 느끼고 있다.

그러나 우리 개개인에게도 틀림없이 역사가 있다. 그것은 일상의 역사이다. 지금의 하루에 자신이 무엇을 어떻게 하였는지가 일상의 역사 속 한쪽인 것이다.

겁을 먹은 채 착수하지 못하고 하루를 끝낼 것인지, 태만한 채로 보낼 것인지, 혹은 용감하게 도전할 것인지, 어제보다 잘할 수 있도록 무언가 노력할 것인지. 그 태도 하나하나가 자기 일상의 역사를 만든다.

〈즐거운 지식〉

마음의 생활 습관을 바꿔라

매일 작은 습관의 반복이 만성적 병을 만든다.

그와 마찬가지로 매일 마음속 작은 습관적 반복이 영혼을 병들게 하거나 건강하게 해준다.

예를 들어 하루에 10번 주변 사람들에게 차가운 말을 퍼부었다면, 오늘부터는 하루에 10번 주변 사람을 기쁘게 하도록 노력하자.

그러면 자신의 영혼이 치유되는 것은 물론이고 주변 사람의 마음과 상황도 확실하게 호전될 것이다.

〈서광〉

장점의 뒤에 숨어 있는 것

조심스럽게 거절하고, 누구의 마음도 상하지 않게 배려하고, 최대한 폐를 끼치지 않도록 하자.

그런 사람은 주변 사람들을 배려하고 상냥한 성격을 가진 것처럼 보인다.

그러나 또한 그 사람이 비겁하더라도 같은 행동을 취한다.

그러므로 장점으로 보이는 것이라도 그 근원이 어디에서 시작되는 것인지 잘 살필 필요가 있다.

〈인간적인, 너무나 인간적인〉

승리에 우연은 없다

승리한 사람은 누구나 우연 따위는 믿지 않는다.
설령 그가 겸손한 마음에서 우연을 강조한다고 하더라도.

〈즐거운 지식〉

겁을 먹으면 진다

'더 이상 길이 없다.' 는 생각을 품으면 타개할 길이 있더라도 갑자기 보이지 않게 된다.

'위험해!' 라고 생각하면 [illegible] 사라지다

'이제 끝이야.' 라고 착각하면 끝을 향해 발을 디디게 된다.

'어쩌지?' 라고 생각하면 순식간에 최상의 대처 방법을 찾지 못하게 된다.

어쨌거나 겁을 먹으면 지게 되고, 파멸한다.

상대가 너무 강해서, 사태가 예전과 달리 심각해서, 상황이 너무 악화하여서, 역전할 수 있는 조건이 갖춰져 있지 않아지는 것이 아니다.

마음이 두려움을 품고 겁을 먹는 순간, 스스로 자연스럽게 파멸과 패배의 길을 선택하게 되는 것이다.

〈농담, 거짓말, 보복〉

마음은 태도로 드러난다

고의적인 극단적 행위, 과장된 태도를 보이는 사람에게는 허영심이 있다. 자신을 크게 보이고 싶은 마음, 자신에게 힘이 있다고, 자신이 무언가 특별한 존재라는 것을 사람들에게 인식시키고 싶은 것이다. 사실 그 속은 텅텅 비어 있으면서도.

사소한 일에 고집스러운 사람은 배려심이 있거나, 무슨 일이든 섬세한 것처럼 보이지만, 그 내면은 공포심을 품고 있다. 혹시 실패하는 것이 아닐까 하는 공포가 있다. 혹은, 어떤 일에도 자신 이외의 사람이 관여하면 잘 안 된다고 여기며 내심 남을 깔보는 경우도 있다.

〈인간적인, 너무나 인간적인〉

사실을 보지 못한다

많은 사람은 대상 그 자체와 상황 그 자체를 보지 못한다.

그 대상에 관한 자기 생각과 집착과 고집, 그 상황에 대한 자신의 [illegible] 보고 있다.

다시 말해 자신을 이용해서 대상 그 자체와 상황 그 자체를 감춰 버리고 있는 것이다.

〈서광〉

반대하는 사람의 심리

제시된 어떤 안에 대하여 반대할 때, 깊이 생각한 뒤에 확고한 근거가 있어서 반대하는 사람은 극히 드물다.

많은 사람은 그 제안과 의견을 들었을 때의 상황이나 말투, 말한 사람의 성격과 분위기에 대한 반발심이 작용하기 때문에 반대하는 것이다.

이 사실을 깨달으면 많은 사람을 아군으로 만드는 방법이 무엇인지 저절로 알게 된다.

표현 방법, 설득 방법, 말투의 연구와 같은 기술적인 부분도 분명 있겠지만, 그 위에는 기술적인 것으로는 감히 범접할 수 없는, 다시 말해 의견을 말하는 사람의 성격과 용모, 성품, 생활 태도 등이 있다는 것이다.

〈인간적인, 너무나 인간적인〉

영원한 적

적을 말살하고자 하는가? 진심인가?

정말로 상대를 멸망시켜도 괜찮은가?

이는 간단할지도 모른다. 그러나 그럼으로써 적이 네 속에서 영원한 것이 되어버릴지 아닐지를 잘 생각해 보기 바란다.

〈서광〉

허영심의 교활함

인간의 돋보이고자 하는 욕망, 다시 말해 허영심은 복잡한 것이다. 예를 들어 자신의 좋지 않은 성격과 버릇, 나쁜 행동을 솔직하게 털어놓은 것처럼 보이는 경우조차 그럼으로써 더 나쁜 부분을 감추려고 하는 허영심이 작용하고 있는 경우가 많기 때문이다.

또한, 상대에 따라서 무얼 털어놓고 무얼 감출지가 바뀌는 것이 보통이다.

그런 눈으로 타인과 자신을 잘 관찰한다면 그 사람이 지금 무엇을 창피해하고, 무엇을 감추고, 무엇을 보여주고 싶어 하는지 확실히 알 수 있다.

〈인간적인, 너무나 인간적인〉

질리는 것은 자신의 성장이 멈췄기 때문

쉽게 손에 넣을 수 없는 것일수록 갖고 싶기 마련이다.

그러나 일단 자신의 것이 되고 약간의 시간이 지나면 하찮은 것처럼 느껴지기 시작한다. 그것이 물건이든 인간이든.

이미 손에 들어와 익숙해졌기 때문에 질리는 것이다. 그러니 그것은 사실 자기 자신에게 질려 있다는 뜻이다. 손에 들어온 것이 자신의 안에서 변화하지 않기 때문에 질린다. 다시 말해, 그것에 대한 자신의 마음이 변하지 않기 때문에 질리는 것이다. 즉, 스스로 성장을 지속하지 않는 사람일수록 쉽게 질리게 된다.

반대로 인간적으로 성장을 지속하고 있는 사람은 자신이 항상 변하고 있어서 같은 것을 계속 갖고 있더라도 전혀 질리지 않는다.

〈즐거운 지식〉

활발하기 때문에 따분함을 느낀다

게으른 사람은 그다지 따분함을 느끼지 않는다. 감성이 활발한 활동을 추구하는 정신을 가진 사람이 우발적으로 따분함을 느낀다.

〈방랑자와 그 그림자〉

피곤하다고 느꼈을 때는 생각하지 마라

평소처럼 의연하게 있을 수 없다면 피곤하다는 증거이다. 우리는 피로에 지쳐 있으면 한숨을 쉬고 불만을 토로하고 후회하며 계[illegible] 우울한 일이나 어두운 일이 머릿속을 멋대로 맴돌게 된다.

그것은 독을 마시는 것과 같아서 피로를 느꼈으면 생각을 멈추고 쉬거나 잠을 자는 것이 제일이다. 그리고 다시 의연하게 활동할 수 있도록 내일을 준비하자.

〈즐거운 지식〉

쾌감, 불쾌감은 사고방식에서 비롯된다

우리는 쾌감이나 불쾌감은 무언가가 자신에게 전달하는 것이라고 착각하고 있다. 그러나 사실은 자신의 사고방식이 작용하고 있다.

예를 들어 무언가를 하고 난 뒤, 우리는 '저렇게 했으면 좋았을 텐데.' 라고 불쾌해한다. 반대로 '이렇게 해서 최고의 결과로 이어졌다.' 라고 쾌감을 느낀다.

이렇게 생각하는 것은 자신의 방법 중에 어떤 선택도 할 수 있었다고 생각하기 때문이다. 다시 말해 자신은 언제나 어느 쪽이든 선택할 자유가 있다는 전제에서 비롯된 생각이다.

자신에게는 선택의 자유가 있었다는 그 생각만 하지 않는다면 이렇게 된 현재 상황에 대하여 쾌감이나 불쾌감이 끼어들 틈은 없을 것이다.

〈방랑자와 그 그림자〉

왜 자유로운 사람은 똑똑할까

자유로워지려 하고, 사물에 대한 견해를 보다 자유자재로 하며 자신의 능력과 개성을 최대한 활용하는 것은 많은 장점으로 이어진다.

먼저 그는 의식하지 않더라도 자신의 결점을 확대하거나 나쁜 행위를 하지 않게 된다. 왜냐하면, 사물의 견해가 자유자재이므로 그런 것들은 방해받기 때문이다. 마찬가지로 자신을 자유롭게 하는 것을 방해하는 분노나 혐오의 감정도 자연스럽게 필요 없게 된다.

진정으로 자유로운 사람이 똑똑하고 세련된 인상을 주는 것은 실제로 그의 정신과 마음가짐이 이렇게 똑똑해져 있기 때문이다.

〈선악의 피안〉

정신의 자유를 얻기 위해

정말로 자유로워지고 싶다면 자신의 감정을 어떻게든 꽉 잡고 멋대로 움직이지 못하게 할 필요가 있다.

감정을 해방해 두면 매 순간의 감정이 자신을 돌아보고, 혹은 감정적인 한 방향으로만 얼굴과 머리를 돌리게 하여 결국은 자신을 자유롭지 못하게 하기 때문이다.

정신적으로 자유자재인 생각을 할 수 있는 사람은 모두 이 사실을 잘 알고 실천하고 있다.

〈선악의 피안〉

제 5 장

친구에 대하여

친구를 만드는 방법

함께 괴로워하지 마라. 함께 기뻐하라.

그러면 친구를 만들 수 있다.

그러나 [illegible] 조심하라.

〈인간적인, 너무나 인간적인〉

친구와의 대화

친구와 많이 이야기하자. 여러 가지 것들에 관해 이야기하자. 그것은 그저 이야기가 아니다. 자신이 이야기하고 싶은 것은 자신이 믿고 싶어 하는 구체적인 사안이다. 허심탄회하게 친구와 이야기를 함으로써 자신이 무얼 어떻게 생각하고 있는지가 분명히 보이게 된다.

또한, 그 사람을 자신의 친구로 삼는 것은 자신이 그 친구 속에서 존경해야 할 것, 인간으로서의 어떤 동경심을 품고 있다는 것이다. 그러므로 친구를 사귀고 서로 대화하며 서로를 존경하는 것은 인간의 고양을 위해 중요한 것이라 할 수 있다.

〈자라투스트라는 이렇게 말했다〉

네 가지 덕을 가져라

자기 자신과 친구에 대해서는 항상 성실하라.

적에 대해서는 용기를 가져라.

패자에게는 관용을 가져라.

그 외의 모든 경우에 대해서는 항상 예의를 갖춰라.

〈서광〉

친구 관계가 성립할 때

서로 친구 관계가 성립할 때는 다음과 같은 관계가 유지되고 있다고 할 수 있다.

상대를 자신보다 존경하고 있다. 상대를 사랑하는 것은 당연하지만, 그러나 그 정도가 자신을 사랑하는 정도는 아니다.

상대와의 사귐에 있어서 친밀함과 부드러움에 약간의 꾸밈이 있다. 그러나 벗어날 수 없는 완벽한 친밀함에 빠지기 직전에 머물고 있다.

또한, 상대와 자신을 혼동하지 하지 않고 서로의 차이를 잘 알고 있다.

〈여러 가지 의견과 잠언〉

서로 신뢰한다면 지나친 것은 오히려 독이다

매우 친밀한 태도를 보여준다. 또한, 온갖 일에서 무게를 잡으며 상대에게서 친밀함을 구하거나 필요 이상으로 연락을 자주하는 사람은 상대에게 신뢰를 얻고 있는가에 대한 확신이 전혀 없다는 것을 표현하고 있다.

이미 서로 신뢰하고 있다면 친밀한 행위에 의지하지 않는다. 상대의 처지에서 본다면 오히려 냉정한 관계로 여겨지는 경우가 많다.

〈인간적인, 너무나 인간적인〉

자신을 성장시키는 관계를 추구하라

젊은 사람이 거만하고 자만한 것은 아직 무엇 하나 제대로 이루지 못한 주제에 마치 무엇이라도 된 것처럼 보여주고 싶어 하는 비슷한 사람들과 어울리기 때문이다.

그런 달콤한 착각 속에 만족하여 젊은 날의 시간을 낭비하는 것은 너무나 큰 손실이다. 가능한 한 빨리 진짜 실력으로 높이 오른 사람, 공적이 있는 사람을 찾아 친분을 쌓아야 한다.

그러면 지금까지의 자기만족에 도취했던 자만과 내용이 없는 허영, 거만 등은 당장에 사라지고 자신이 지금 무엇을 해야 할 것인지가 드디어 보이게 될 것이다.

〈인간적인, 너무나 인간적인〉

무례한 사람과는 사귀지 마라

친해지면 상대의 사적인 일에 관여해도 괜찮다고 여기는 부류의 인간과는 절대 사귀지 말라. 그런 사람은 가족과 같은 관계라고 칭하면서 결국은 상대를 자신의 지배와 영향권 아래 두기를 원할 뿐이다.

친구 관계의 경우에서도 서로를 혼동하지 않도록 조심하고 배려하는 것은 중요하다. 그렇지 않으면 친구 관계도 불가능해진다.

〈방랑자와 그 그림자〉

필요한 둔감함

항상 민감하고 날카로울 필요는 없다. 특히 사람과의 관계에서는 상대의 어떤 행위와 생각의 동기를 꿰뚫어 보고 있더라도 모르는 척해주는 일종의 둔감한 척이 필요하다.

또한, 말을 가능한 우호적으로 해석하라.

그리고 상대를 소중한 사람으로 다뤄라. 그러나 자신이 배려하고 있다는 듯이 행동하지 말고 상대보다 둔감한 척하라.

이것은 사교의 요령이자 사람에 대한 친절이기도 하다.

〈인간적인, 너무나 인간적인〉

비슷한 사람끼리만 서로 이해한다

자신을 칭찬해주는 사람은 자신과 비슷한 사람들이다. 자신 또한, 자신과 비슷한 사람을 칭찬하기 마련이다.

[illegible] 이해하기 어렵고, 좋은지 나쁘지도 알기 어렵다. 자신과 어딘가 닮은 상대를 칭찬함으로써 왠지 자신을 인정하고 있는 것 같은 기분이 든다.

다시 말해 인간에게는 각각 수준이 있다. 그 수준 속에서 이해와 칭찬, 우회적인 형태로 서로를 인정하는 것이다.

〈즐거운 지식〉

우정의 재능이 바람직한 결혼으로 이어진다

아이들은 인간관계를 사업이나 이해관계나 연애 관계로부터 시작하지 않는다. 우선은 친구 관계부터다. 즐겁게 놀거나 싸우고, 서로 위로하며 경쟁하고, 서로에게서 위안을 얻는 등의 모든 것이 두 사람 사이에 우정을 만들어 준다. 그리고 서로 친구가 된다. 떨어져 있더라도 친구 관계가 깨지지는 않는다.

좋은 친구 관계를 계속 유지해 나가는 것은 매우 중요한 일이다. 왜냐하면, 친구 관계와 우정은 다른 사람과 관계를 맺는 기초이기 때문이다.

이렇게 좋은 친구 관계는 바람직한 결혼생활을 유지하게 하는 기초가 된다. 왜냐하면, 결혼생활은 남녀의 특별한 인간관계이면서도 그 토대는 우정을 키우는 재능이 필요하기 때문이다.

그러므로 바람직한 결혼이 될 수 있을지 없을지를 환경이나 상대의 탓으로 돌리는 것은 자신의 책임을 망각하는 완전히 착각이라고 할 수 있다.

〈인간적인, 너무나 인간적인〉

동등한 위치에서 있을 때

누군가 한 사람이라도 나를 사랑할 수 있다는 것을 증명한다고 해도 믿기에는 나는 너무나도 자부심이 높다. 그런 사랑은 내가 누구인지 상대가 알고 있다는 것을 [illegible] [illegible]. 마찬가지로 나는 내가 누군가를 사랑할 것이라고는 믿지 않는다. 이것은 내가 언젠가 기적 그 이상의 기적으로 나와 동등한 위치의 인간을 찾아낸다는 것을 전제로 할 것이다. 나를 몰두케 하고, 괴롭히고, 높여주는 것을 위해서 나는 이제껏 한 사람의 관계자, 친구를 가지지 않는다. 이것을 누군가 한 명이라도 알고 있듯이 신이 존재한다면 좋겠지만 아쉽게도 신은 존재하지 않는다.

〈여동생에게 보낸 편지〉

사람들은 구도와 이치가 확실한 것, 혹은 간단히 설명이 가능한 사항을 가볍게 여기는 경향이 있다.

제 6 장

세상에 대하여

세상을 초월해 살아라

세상에 살면서 세상을 초월하여 살아라.

세상을 초월해 산다는 것은, 먼저 자신의 마음과 감정이 매 순간의 리듬으로 이리저리로 움직이지 않는, 자신의 감정을 제대로 조종하는 것이라 할 수 있다.

이것이 가능해지면 세상과 시대의 매 순간의 흐름과 변화에 흔들리지 않게 된다. 그리고 확고한 자신감을 느끼고 강하게 살아갈 수 있게 되는 것이다.

〈선악의 피안〉

안정 지향이 사람과 조직을 썩게 한다

유유상종이라는 말이 있는데, 같은 생각을 하는 사람이 모여 서로를 인정하며 만족하고 있으면, 그것은 안락한 폐쇄 공간이 되고 말아 새로운 생각과 발상을 할 수 없게 만든다.

또한, 조직의 연장자가 자기 생각과 의견이 같은 젊은이만을 칭찬한다면 그 젊은이는 물론이고 조직 또한 완전히 망치게 된다.

반대 의견과 새롭고 이질적인 발상을 두려워하며 자신들의 안정만을 위한 자세는 오히려 조직과 사람들을 뿌리째 썩게 하여 급속한 퇴폐와 파멸을 재촉하게 된다.

〈서광〉

모든 사람의 사랑을 받을 필요는 없다

생리적으로 혐오감을 느끼는 상대를 아무리 정중하게 대하더라도 그 자리에서 달리 봐주는 일은 없다. 결국에는 은근히 무례한 사람이라고 여겨지기 때문이다.

모든 사람이 좋아해 주는 것이 당연하다고 여기지 말고 평범하게 대하는 것이 훨씬 낫다.

〈인간적인, 너무나 인간적인〉

자신의 진정한 의견을 갖자

살아 있는 물고기를 잡기 위해서는 스스로 물고기를 낚지 않으면 안 된다. 이와 마찬가지로 자신의 의견을 갖기 위해서는 스스로 행동하여 자기 생각을 짜내 말로써 표현하지 않으면 안 된다.

그리고 그것은 물고기의 화석을 사는 자들보다는 훨씬 낫다. 자신의 의견을 갖는 것을 귀찮아하는 사람들은 돈을 지급하고 상자에 든 화석을 산다. 이 경우의 화석이란 타인의 과거 의견을 말한다.

그리고 그들은 돈을 지급하고 산 의견을 자신의 신념으로 삼는다. 그런 자들의 의견은 생동감이 없으며 영원히 바뀌지 않는다. 그러나 이 세상에는 그런 사람이 너무도 많다.

〈방랑자와 그 그림자〉

겉모습에 속지 마라

도덕적으로 행동하는 사람이 정말로 도덕적이라고 단정할 수는 없다.

왜냐하면, 그저 도덕에 복종하고 있을 뿐일지도 모르기 때문이다. 스스로 아무것도 생각하지 않고 세상의 이목 때문에 단순히 복종하고 있는 것일지도 모른다.

혹은 우쭐한 생각 때문에 그러는 것일지도 모른다. 무력하여 포기했을 가능성도 있고, 귀찮아서 그저 도덕적으로 행동하고 있는 것일지도 모른다.

다시 말해 도덕적인 행위 그 자체가 도덕적이라고 단정할 수는 없다. 요컨대 도덕은 그 행위만으로는 진짜인지 아닌지 판단하기가 매우 어렵다.

〈서광〉

비난하는 사람은 스스로를 노골적으로 드러낸다

누군가를 비난하는 사람, 이 사람이 나쁘다고 강하게 주장하는 사람이 있다. 그러나 그 사람은 고발함으로써 자신의 성격을 노골적으로 드러내는 경우가 많다.

제삼자의 눈으로 본다면 지저분하게 비난하는 쪽이야말로 나쁜 것이 아닐까 여겨질 정도로 비열한 성격을 드러내고 만다. 이 때문에 지나치게 비난하는 사람이야말로 주변 사람들에게 미움을 사게 된다.

〈서광〉

사소한 일로 괴로워하지 마라

'덥다'의 반대는 '춥다', '밝다'의 반대는 '어둡다', '크다'의 반대는 '작다'. 이것들은 상대적 개념을 이용한 일종의 말장난이다. 현실도 이와 비슷하다고 생각하지 않으면 안 된다.

예를 들어 '덥다'는 '춥다'와 대립하고 있는 것이 아니라는 것이다. 이 둘은 어떤 현상을 본인이 느끼는 정도의 차를 알기 쉽게 표현한 것에 불과하다.

그런데도 현실에서도 이와 비슷하게 대립하고 있다고 착각을 하게 되면 약간의 번거로움이 많은 곤란과 고생으로 여겨지고, 사소한 변화가 큰 고통으로 여겨지고, 약간의 거리감이 소원함과 단절로 이어지고 만다.

그리고 많은 고민은 이 정도의 차이를 깨닫지 못하는 사람들의 불평불만에 불과하다.

〈방랑자와 그 그림자〉

잘 살기 위해, 자신을 모독하지 않기 위해서도
이상과 꿈을 결코 버려서는 안 된다.

많은 사람의 판단에 현혹되지 마라

사람들은 구도와 이치가 확실한 것, 혹은 간단히 설명이 가능한 사항을 가볍게 여기는 경향이 있다. 그 반대로 설명이 되지 않은 것, 애매함과 불분명함이 남은 사항에 대하여 중요하게 받아들이는 경향이 있다.

물론 실제로는 무엇이 중요하고 무엇이 중요하지 않은지는 이런 심리가 좌우하는 판단과는 사뭇 다르다. 그러므로 사람들의 마음의 움직임에 속아 무엇이 중요한지를 잘못 판단하지 않도록 조심하자.

〈인간적인, 너무나 인간적인〉

사람이 인정하는 이유

어떤 것에 대하여 사람이 인정하는 경우는 세 가지이다.

먼저 그 일에 대하여 아무것도 모르기 때문이다. 다음으로는 그 일이 세상에서 흔히 볼 수 있는 일이기 때문이다. 그리고 세 번째는 이미 그 사실이 일어나고 말았기 때문이다.

이제 그것이 선악 중 어느 쪽인지, 어떤 이해관계가 있는지, 어떤 정당한 이유가 있는지 하는 것은 인정하는 기준이 아니다.

이런 대다수 사람이 인습과 전통과 정치를 인정하게 된다.

〈서광〉

두 종류의 지배

지배에는 두 종류가 있다. 하나는 지배욕에 의한 지배이다.

또 하나는 누구에게도 지배당하고 싶지 않기 때문에 행해지는 지배이다.

〈서광〉

비판이라는 바람을 받아들여라

버섯은 통풍이 잘되지 않는 축축한 곳에서 자라고 번식한다.

마찬가지로 인간 조직과 단체에서도 이런 일이 일어난다. 비판이라는 바람이 불지 않는 폐쇄적인 곳에서는 반드시 부패와 추락이 발생하여 점점 커진다.

비판은 의심이 많고 고약한 의견이 아니다. 비판은 바람이다. 뺨은 차갑겠지만 건조해 나쁜 균의 번식을 막는 역할을 한다. 그러므로 비판을 많이 듣는 것이 좋다.

〈인간적인, 너무나 인간적인〉

조직에서 비어져 나오는 사람

모두가 생각하는 것 이상으로 넓은 사고의 폭을 가진 사람은 조직과 파벌에 속하는 인간으로서 적합하지 않다. 왜냐하면, 그런 사람은 어느 순간에 조직과 당파의 이익을 초월해 더 넓은 생각을 하기 때문이다.

조직과 파벌이라는 것은 사고방식에 있어서 사람을 틀에 얽매어 놓는 것이 보통이다. 그것은 마치 도토리를 모아 놓은 것과도 같고, 잡어 무리와도 같은 것이다.

그러므로 사고방식의 문제 때문에 조직에 익숙하지 못하더라도 본인에게 문제가 있다고 생각할 필요는 없다. 그것은 조직의 좁은 세계를 초월하여 넓은 차원에 도달했다는 것을 의미하기 때문이다.

〈인간적인, 너무나 인간적인〉

악인은 자기애가 부족하다

악인에게는 공통점이 있다는 것을 알고 있는가? 악인들의 공통점은 바로 자신을 증오하고 있다는 것이다.

자신을 미워하기 때문에 악한 짓을 하는 것이다. 악행은 자신에게 상처를 입히고 벌을 줄 수 있기 때문이다. 그러므로 그들은 파멸의 길을 전전한다.

그것으로 끝나지 않는다. 악인이 자기 자신에게 향하게 한 증오와 복수심은 주변 사람들까지 희생양으로 삼는다. 도박 중독증 환자가 주변 사람들에게 피해를 주는 것과 마찬가지다.

그러므로 악인의 불행을 자업자득이라고 방관만 해서는 안 된다. 우리는 그가 자신을 증오하지 않고 어떻게 해서든 자신을 사랑할 수 있도록 도와야 한다. 그러지 않으면 악은 급속도로 퍼지고 만다.

〈서광〉

공격하는 자의 내적 이유

폭력적인 성질을 가졌기 때문에 공격하는 것이 아니다. 누군가를 이기거나 괴롭히기 위해 공격하는 것이 아니다.

자신의 힘이 얼마나 되는지, 자신의 힘이 어디까지 미칠 수 있는지를 알고 싶어서 공격하는 경우가 자주 있다. 또한, 자신을 정당화하기 위해 공격하는 경우도 있다.

이것은 개인은 물론 국가에서도 마찬가지다.

〈인간적인, 너무나 인간적인〉

여우보다 교활한 것은

포도가 탐스럽게 열려 있다. 여우 한 마리가 다가와 포도를 따 먹으려 하지만, 포도송이가 너무 높은 곳에 달려 아무리 뛰어 봐도 닿지 않았다. 여우는 결국 포도 따 먹기를 포기하고 "저건 어차피 시어빠진 포도가 분명해."라는 말을 남기고 가버린다.

이것은 이솝 우화 32번째에 나오는 이야기다. 이 이야기에는 패배를 인정하지 않는 것에 대한 가르침이 있다고 전해진다.

그런데 현실에는 교활하다고 여기는 여우보다 훨씬 더 교활한 인간이 있다. 그런 사람들은 자신의 손이 닿아 남들보다 먼저 손에 넣은 포도에 대해서도 "정말이지 너무 시어서 먹을 수 없었어."라고 퍼뜨리고 다닌다.

〈방랑자와 그 그림자〉

가짜 스승이 가르치는 것

이 세상에는 너무나 그럴듯해 보이는 가짜 스승이 많다.

그들이 가르치는 것은 처세에 도움이 될 만한 것들뿐이다. 이것 저것을 하면 득이 된다. 이렇게 판단을 하면 손해를 보지 않는다. 대인관계는 이렇게 하라. 인간관계는 이런 식으로 넓혀라. 이런 일은 이러쿵저러쿵.

한번 잘 생각해 보라. 가짜 스승이 가르치는 것은 모두 가치 판단이다.

인간과 사물에 대한 본질의 견해 같은 것은 전혀 가르쳐 주지 않는다.

이렇게 인생의 본질조차 알지 못한 채 사는 것이 과연 좋은 일일까?

〈힘에 대한 의지〉

위험한 순간

차에 치일 위험이 가장 높을 때는 한 대의 차를 잘 피한 뒤이다.

마찬가지로 업무에서도 일상생활에서도 문제를 잘 처리하고 안심하여 마음을 놓는 순간이야말로 다음 위험이 닥쳐올 가능성이 높다.

〈인간적인, 너무나 인간적인〉

정치가에게 주의하라

유능한 사람이나 유명한 사람과 친분을 맺음으로써 자신을 높게 보이고자 하는 흑심을 품고 있는 사람이 있다. 그런 사람을 경계하라. 예를 들어 정치가가 그 전형이다.

정치가는 유능해 보이는 사람들, 세상에 이름이 널리 알려진 지식인이나 유명인들을 가까이 두려 한다. 그리고 약간의 도움을 받기도 하지만, 그것은 정치를 쉽게 하기 위함이 아니다. 자신의 무능함을 감추기 위한 것이다. 다시 말해 자신이 주역이 되기 위해 줄줄이 사람을 이용하는 것이다.

〈즐거운 지식〉

거짓 결단

한 번 뱉은 말은 단호하게 행한다. 그것은 훌륭하고 청렴한 것처럼 여겨진다. 남자다운 결단력이 있는 듯이 보인다. 의지가 강한 사람처럼 여겨지기도 한다. 왠지 그런 행위가 옳은 것처럼 보이기도 한다.

하지만 잘 생각해 보라. 한 번 뱉은 말을 단호하게 행한다는 것은 일종의 고집이 아닐까? 감정적인 행위가 아닐까? 완고함을 드러내는 것이 아닐까? 또한 그렇게 행동하는 것이 명예로운 것이라는 허영심에 가려진 것은 아닐까?

행위를 할 것인지 말 것인지는 훨씬 다른 이성적인 관점에서 그 행위가 정말로 훌륭한 것인지를 확인한 뒤에 행해져야 하는 것은 아닐까?

〈서광〉

빚 진 것보다 더 많이 갚아라

갚을 때는 충분히 갚을 것. 자신이 전에 받은 것보다 많이 갚을 것. 이 많은 분량은 상대에게는 이자가 되어 상대를 즐겁게 해준다. 과거에는 빌려야 했던 사람이 지금은 그 정도로 갚을 수 있게 된 것을 기뻐해 준다.

갚는 입장에서는 많이 갚아줌으로써 자신이 도움을 받았을 때의 굴욕감을 충분히 씻을 수 있게 된다. 그것이 갚는 본인에게도 기쁨을 가져다준다.

〈방랑자와 그 그림자〉

속은 사람의 슬픔

당신이 누군가를 속이면 상대는 슬퍼한다.

상대는 속임을 당해 무언가 손해를 입었기 때문에 슬퍼하는 것이 아니다. 그 사람이 이제는 당신을 신뢰할 수 없다는 점이 그 사람에게 깊은 슬픔을 느끼게 하는 것이다.

지금까지와 마찬가지로 당신을 계속 믿고 싶었기 때문에 슬픔은 더욱 깊은 것이다.

〈선악의 피안〉

세력가와 권력가의 실태

조직의 우두머리가 된 사람, 지금 시절에는 세력이 있는 사람, 권력을 쥔 사람이 정말로 어떤 힘을 가지고 있는 것은 아니다. 그 세력과 권력은 사람들의 머릿속에 있는 환영이다.

세력과 권력이 사람들에게 작용하고 있어서 환영이 계속되는 것에 불과하다. 그들은 어떤 특별한 존재도 특별한 인간도 아니다. 이 사실을 흐리게나마 깨닫기 시작한 세력가와 권력가도 있다. 정말로 지성이 있는 사람은, 특히 권력자가 아무것도 아니라는 사실을 잘 알고 있다. 그러나 대부분의 사람은 여전히 환영을 보고 있다.

〈여러 가지 의견과 잠언〉

제7장

사람에 대하여

심리를 생각하고 전달하라

사람에게 이야기를 전달하는 데는 요령이 있다. 새로운 사건과 상대가 깜짝 놀랄 만한 사항을 전달할 때는 마치 그것이 이미 알고 있는 [illegible] 것이다. 그러면 상대는 쉽게 이해하게 된다.

그러지 않고 새로운 사건을 전달하면, 상대는 그것을 자신이 알지 못한 것에 대하여 열등감을 느끼고 그로 인한 분노를 상대에게 퍼붓게 된다. 그렇게 되면 상대에게 전달해야 할 이야기를 제대로 전달하지 못하게 된다.

이 요령을 알고 있는지 없는지에 따라 대화의 질이 크게 달라질 것이고, 함께 일을 하는 경우에는 일의 성패까지도 좌우하게 된다.

〈서광〉

사람에 대하여 이리저리 너무 깊게 생각하지 마라

타인을 이리저리 판단하지 말 것. 타인을 평가하지 말 것. 타인에 대한 소문을 이야기하지 말 것.

그 사람은 이렇고 저렇다며 생각하지 말 것.

그런 상상과 생각을 최대한 줄일 것.

이런 점이 훌륭한 인간성의 증표이다.

〈서광〉

인간의 자연성을 모독하지 마라

인간과 자연.

이렇게 대립시켜 보면, 인간과 자연은 서로 양립하지 않는 것처럼 보인다. 그러나 인간은 자연 속에 포함돼 있다. 인간 또한 자연의 일부이기 때문이다.

그러므로 우리가 가지고 있는 자연적 성향은 원래 모독해서는 안 되는 것이라 할 수 있다. 인간성을 왜곡시키는 것도 아니고, 부끄러운 것도, 인간적이지 않은 것도 아니다.

우리는 누구나 자연 그 자체이고 당연히 자연의 본성을 갖고 있다.

〈즐거운 지식〉

인간의 두 가지 타입

크게 칭찬을 받는다.

그때, 한 사람은 매우 부끄러워한다.

또 한 사람은 점점 더 뻔뻔해진다.

〈서광〉

위인은 괴짜일지도 모른다

위인이라 불리는 사람이 위인임과 동시에 인간적으로 훌륭하였다고 단정할 근거는 어디에도 없다.

그 위인은 어쩌면 이 세상에서 평범한 어른이 되지 못한 인간, 어린아이인 채로 머무른 덕분에 위대한 업적을 남길 수 있었을지도 모른다.

아니면, 시대의 흐름과 나이에 따라 자유자재로 색을 바꾸는 카멜레온처럼 변화무쌍한 인간이었기 때문에 시대의 흐름에 맞는 업적을 이룰 수 있었을지도 모른다.

어쩌면 마법에 걸린 소녀처럼 엄청나게 비현실적인 꿈속에서 살았기 때문에 독특한 것일지도 모른다.

〈즐거운 지식〉

진정으로 창조적인 인물이란

무언가 기발한 일을 해서 대중의 이목을 사로잡는 이는 독창적인 인물이 아니다. 그것은 단순히 튀고 싶어 하는 사람이다. 예를 들어 창조적인 인간의 특징 중의 하나는 이미 모두의 눈앞에 있음에도 불구하고 아직 눈치채지 못해 이름조차 갖지 못한 것을 찾아내는 능력을 갖추고 그것에 새로운 이름을 지어줄 수 있다는 것이다. 명칭이 부여되면서 비로소 그것이 실제로 존재한다는 것을 인간은 깨닫게 된다. 그렇게 세상에는 새로운 일부가 탄생하게 된다.

〈즐거운 지식〉

카리스마의 기술

자신이 카리스마가 있고 깊이가 있는 사람으로 보이고 싶다면 일종의 어둠, 잘 보이지 않는 것을 익히면 된다. 자신을 전부 다 드러내지 않는 것, 바닥이 드러나지 않도록 하는 것이다

대다수 사람은 속이 들여다보이지 않는 것에서 일종의 신비함과 깊이를 느끼기 때문이다. 자연 속의 연못이나 늪 또한 탁하고 바닥이 보이지 않기 때문에 사람들은 깊을 것이라고 여기며 두려움을 느낀다. 카리스마가 있는 인물이라 불리는 사람에 대한 공포란 그러한 것이다.

〈즐거운 지식〉

체험만으로는 부족하다

분명 체험은 중요하다. 체험을 통해 사람은 성장할 수 있다. 그러나 여러 가지 체험을 많이 했다고 해서 타인보다 뛰어나다고 단정할 수는 없다.

체험 하여도 나중에 깊이 고찰하지 않는다면 아무 소용이 없다. 어떤 체험이든 깊이 생각하지 않는다면 잘 씹지 않고 먹어 설사를 반복하게 된다. 다시 말해 체험으로부터 아무것도 배울 수 없고, 아무것도 익힐 수 없게 된다.

〈방랑자와 그 그림자〉

이기려면 완벽하게 이겨라

경쟁에 있어서 힘겹게 상대를 이기는 것은 그다지 바람직하지 않다. [illegible] 힘겹게 이기는 것이 아니라 압도적인 차를 두고 이기는 것이 좋다.

그러면 상대는 '약간의 차이였는데.' 라고 후회하며 자책하는 일은 없다. 아니, 오히려 후련한 마음으로 솔직하게 상대의 승리를 인정할 수 있다.

상대를 창피하게 하는 간발의 차 승리와 미묘한 승리, 한을 남기는 승리는 좋지 않다. 그것이 승리자의 매너인 것이다.

〈인간적인, 너무나 인간적인〉

자신의 나약함과 결점을 알자

성공한 사람은 모든 면에서 강점이 있고, 운을 타고났고, 생각과 행동이 매우 효율적이며 어떤 일에서도 비범하여 요령이 좋은 것처럼 보인다. 그런데 그들 또한 평범한 사람과 마찬가지로 결점과 나약함이 있다.

단, 그들은 결점과 나약함을 아무에게도 들키지 않게 속 깊이 감추고 있을 뿐이다. 오히려 그들은 그것을 마치 강점처럼 보이도록 표출하고 있다. 그 점에 있어서 다른 사람보다도 노련한 것이다.

이렇게 할 수 있는 것은 그들이 자신의 약점과 결점이 무엇인지를 잘 알고 있기 때문이다. 대부분 사람은 자신의 약점에 대해 알고도 모른 척을 한다. 그러나 그들은 그것을 잘 꿰뚫어 보고 이해하고 있다. 그것이 보통 사람과 다르게 만들고 있다.

〈방랑자와 그 그림자〉

약속의 참 모습

약속은 개인 간의 계약만인 것은 아니다. 약속으로 요구되는 말의 배후에 있는 것이 약속의 진짜 알맹이가 된다.

예를 들어 "내일 6시에 만납시다."라고 두 사람이 약속을 하였을 경우, 그것은 6시의 사무적인 약속만을 의미하는 것이 아니다.

두 사람의 친밀한 관계, 존중, 신뢰, 앞으로 이어질 관계의 확인, 상대에 대한 배려 등, 많은 것들이 약속되는 것이다. 그것은 인간적인 맹세라고도 할 수 있다.

〈서광〉

맘대로 행위의 경중(輕重)을 정하지 마라

인간이란 희한하게도 맘대로 행위의 경중을 정해버린다. 큰일을 했다거나 작은 일밖에 하지 못했다는 식으로 단정한다.

훨씬 더 이상한 일이 있다. 인간은 자신이 하지 않은 일에 대해 후회를 한다. 하지 않은 행위인데도 그때 그 일은 큰일이었다고 진심으로 생각한다. 그때 그렇게 했다면 지금쯤 상황이 확 달라졌을 것이라고 진심으로 생각하며 후회하곤 한다. 또한, 자신이 한 행위, 자신이 하지 않은 행위의 경중을 자신이 결정해야 마땅하다고 착각하고 있다, 그 경중이 진실이라고까지 여긴다.

자신이 한 작은 행위가 사실은 어떤 사람에게 있어서는 큰일이었을지도 모른다. 그 반대일 수도 있다. 어쨌거나 과거의 행위에 가치를 두는 것은 무의미한 일이다.

〈즐거운 지식〉

꿈에 책임을 질줄 아는 용기를

과실에는 책임을 지려 하는데, 왜 꿈에는 책임을 지려 하지 않는 걸까?

그것은 과실의 꿈이 아니던가? 그것이 자신의 꿈이라고 자랑하지 않았던가? 그만큼 나약한 것인가, 용기가 없는 것인가?

그것은 자신만의 꿈이 아니던가? 처음부터 자신의 꿈에 책임을 질 생각이 없다면 영원히 꿈이 이루어질 수 없는 것이 아닐까?

〈서광〉

샤프하면서도 둔한 면모를 가져라

예리하고 똑똑한 것만으로는 안 된다. 둔한 모습도 필요하다.

예리한 것만이 멋진 것은 아니다. 예리한 것만으로는 언제까지나 '아직 젊구나' 란 소리를 들으면 왠지 가볍게 여겨지고 만다. 때로는 농담도 필요하다.

날카로우면서 둔한 모습이 함께 있으면 어딘가 애교가 있는 사람으로 여겨져 남들의 호의를 살 수도 있고, 누군가가 도움을 주거나 편이 되어 줄 여지가 생긴다. 그리고 예리함이 있을 때보다 훨씬 득이 된다.

〈농담, 거짓말, 보복〉

웃는 모습에서 인간성이 드러난다

어떻게 웃고 어떤 경우에 웃는지, 거기에는 자신도 모르게 인간성이 드러난다. 예를 들어 실패를 깔보며 웃고 있는지, 의미가 [illegible] 웃는지의 경우이다.

그리고 웃음소리에도 그 사람의 본성이 드러난다.

그렇다고 해서 웃음에 겁먹을 필요는 없다. 우리는 다른 방식으로도 자신의 인간성을 드러내고 있다. 우리의 인간성이 바뀌면 웃는 모습도 자연스럽게 바뀌기 마련이다.

〈방랑자와 그 그림자〉

너무 빠른 성공은 위험하다

너무 젊은 나이에 성공하거나 공적을 세워 과도한 칭찬을 받게 되면, 그 사람은 거만함과 감각의 이상으로 인해 윗사람과 꾸준히 노력하는 사람에 대한 존경심을 완전히 잃게 된다.

거기서 끝나지 않고 성숙의 의미를 모르게 돼 성숙으로 유지되는 문화 환경으로부터 자연스럽게 도태되고 만다. 남들은 시간과 함께 성숙하여 업무의 깊이가 더해 가지만, 본인은 언제까지나 어린애처럼 과거의 성공과 공적만을 내세우려 하는 인간이 되고 만다.

〈방랑자와 그 그림자〉

착실하게 살지 않는 사람의 심리

자신의 본업에 충실하며 충분한 성과를 거두고 있는 사람은 같은 일을 하는 사람이나 경쟁자에게 관용을 베풀고 이해심 있는 태도를 보여준다.

그러나 자기 일을 제대로 해내지 못하는 사람, 돈만을 목적으로 억지로 일하는 사람은 경쟁자에게 온갖 증오심을 품는다.

마찬가지로 자신의 인생을 착실하게 살지 않는 사람은 타인에게 증오심을 품는 경우가 많다.

〈서광〉

자기 컨트롤을 자유자재로 할 수 있다

쉽게 화를 내는 사람, 신경질적인 사람, 우리는 이런 성격을 가진 사람은 그 성격이 절대 변하지 않는다고 믿고 있다. 왜냐하면, 우리 인간이 완전히 성장해버렸다는 뿌리 깊은 생각이 있기 때문이다. 사람의 성격은 바꿀 수 없다고 여기고 있다.

그러나 화라고 하는 것은 한순간의 충동이기 때문에 자신이 마음먹은 대로 처리할 수 있다. 화를 그대로 분출시키면 성마른 사람의 행동이 된다. 그런데 다른 형태로 바꾸어 표현할 수도 있다. 억누르며 사라질 때까지 기다릴 수도 있다.

우리는 화와 같이 충동 이외에 끓어오르는 다른 감정과 마음 또한 마찬가지로 자유자재로 처리하거나 다룰 수 있다. 마치 정원에 심어진 여러 나무나 꽃을 정리하고 과일을 따는 것과 마찬가지로.

〈서광〉

소심한 사람은 위험하다

재주가 없고 소심한 사람은 살인을 저지를 수도 있다. 그는 자신을 적당히 방어하는 방법을 모르기 때문에, 또한 침착하게 대처할 줄을 모르기 때문에 적이라고 여긴 상대를 말살하는 것 이외의 방법을 모르는 것이다.

〈서광〉

남에게 창피를 주는 것은 악이다

남에게 창피를 주는 것은 명백한 악의 하나이다.

악인은 남에게 창피를 준다. 도둑질도 살인도 모두 남에게 창피를 주는 일이다. 폭력은 물론 사소한 싸움조차도 상대에게 모욕적인 말을 하게 마련이다.

악행을 저지르는 것은 자신을 모욕하는 것은 물론이고 사랑하는 사람, 부모, 친구에게 창피를 주는 것이 된다. 더 나아가 인간 존재 그 자체를 모욕하는 것이다.

그러므로 진정으로 자유롭게 사는 인간이란 어떤 언행을 하더라도 부끄러움이 없는 경지에 도달한 사람을 말한다. 자신은 물론이고 어느 누구에게도 창피를 주는 일이 없다.

〈즐거운 지식〉

지론에 집착할수록 반대를 당한다

지론을 강하게 주장할수록 더 많은 사람으로부터 반대를 당하게 된다.

[illegible] 몇 가지 이유를 가추곤 한다. 예를 들어, 본인만 이 의견을 제안했다고 거만해 하고 있다. 혹은, 이렇게 훌륭한 견해에 이른 수고의 대가를 받고 싶다는 마음이 있다. 혹은, 이 수준의 견해를 깊이 이해하고 있는 자신을 자부하고 있다는 식의 이유이다.

많은 사람이 지론을 강요하는 사람에 대하여 위와 같은 것을 직관적으로 느끼며 불쾌함에 생리적으로 반대하고 있다.

〈인간적인, 너무나 인간적인〉

말이 많은 사람은 감추는 사람이다

자신에 대해 주절주절 말이 많은 사람은, 결국 자신의 본성, 본심, 정체를 감추고 있다.

특히 거짓말을 하는 사람은 평소보다 더 말이 많아진다. 그것은 수많은 사소한 정보를 뿌림으로써 상대의 주의와 의식을 다른 곳으로 돌려 들킬까 두려워 감추고 있는 것으로부터 시선을 돌리게 하기 위함이다.

〈선악의 피안〉

기술 이전의 문제

설득력이 있는 논리적 문장을 쓰기 위해 아무리 글 쓰는 법을 배우더라도 논리적인 문장을 쓸 수 있게 되지는 않는다.

자신의 [illegible] 위해서는 표현과 문장의 기술을 이용하는 것이 아니라 자신의 머릿속을 개선하지 않으면 안 된다.

이 사실을 바로 깨닫지 못하는 사람은 이해력이 부족하여서 언제까지나 알지 못하고, 언제까지나 눈앞의 기술에만 계속 집착하게 될 것이다.

〈방랑자와 그 그림자〉

강해지기 위한 악과 독

하늘 높이 뻗어 오르려는 나무. 그런 나무가 혹독한 비바람과 거친 기후 없이 성장할 수 있다고 생각하는가?

벼가 결실을 보기 위해 호우와 강한 햇빛과 태풍과 번개가 전혀 필요 없을까?

인생에서의 온갖 악과 독. 그것들은 없는 것이 좋고 없는 것이 인간을 건전하고 강하게 자라게 해줄까?

증오, 질투, 아집, 불신, 냉담, 탐욕, 폭력. 혹은, 모든 의미에서의 불리한 조건, 많은 장해. 이것들은 대부분 힘들고 괴로움의 이유가 되지만, 전혀 없는 것인 강한 인간으로 만들어 줄까?

아니, 그런 악과 독이야말로 사람에게 극복할 기회와 힘을 주어 사람이 이 세상을 살아가기 위해 강하게 만들어 주는 것이다.

〈즐거운 지식〉

이기주의자의 판단에는 근거가 없다

이기주의자는 무슨 일이든 처음부터 이해득실을 따져 자신에게 득이 되는지를 계산하고 있는 것처럼 보인다.

그러나 실제로는 [illegible] 중요하게 여기고, 자신과 먼 것은 가볍게 판단하는 단순하고 근시안적인 계산을 하고 있을 뿐이다.

게다가 이기주의자가 생각하는 원근법은 본인 맘대로 상황에 따라 판단하는 거리이다. 그런 의미에서 이기주의자의 계산은 전혀 꼼꼼하지 않고 사실적이지도 않아, 말하자면 감정적인 판단에 의한 것이다. 다시 말해 이기주의자의 판단은 근거가 없는 것이다. 따라서 이기주의자란 감정적이고 신용할 수 없는 사람이라고 할 수 있다.

〈즐거운 지식〉

게으름에서 비롯되는 신념

적극적인 열정이 의견의 형태를 갖추고 결국에는 주장으로 이어진다. 중요한 것은 그다음이다.

자신의 의견과 주장을 전면적으로 인정받고 싶어 언제까지나 집착한다면, 의견과 주장은 굳어지게 되어 신념이라는 것으로 변하고 만다.

신념이 있는 사람이라고 하면 왠지 대단한 것처럼 여겨지지만, 그 사람은 자신의 오랜 의견을 계속 유지하고 있는 것으로 그 시점부터 정신이 정지되어버린 사람이다. 다시 말해 정신의 나태함이 신념을 만드는 것이다.

아무리 옳은 것처럼 보이는 의견이나 주장도 끊임없는 신진대사를 반복하여 시대의 변화 속에서 생각이 변하고 고쳐지지 않으면 안 된다.

〈인간적인, 너무나 인간적인〉

많은 것을 가지려는 사람들

남편의 직업과 지위가 마치 자신 덕분인 양 떠벌리는 아내가 있다. 그녀는 다시 아이가 다니는 학교의 특징, 기르고 있는 개의 충성심, 정원수의 아름다움, 살고 있는 도시의 아름다움까지도 자신의 덕분인 양 이야기한다.

또한, 정치가나 관료는 자신들이 시대 전체와 역사를 좌우하고 있는 것 같은 말투를 한다. 대부분 사람은 자신이 알고 있는 일들까지 마치 특별한 가치가 있는 것처럼 떠벌린다. 알고 있는 것만으로 가지고 있는 것과 마찬가지라고 여기기까지 한다.

이런 그들은 사물과 지식에 대해 말하고 있는 것 같지만, 사실은 자아와 그 장소에 대한 욕구가 얼마나 비대해져 있는지를 보여주고 있을 뿐이다. 그뿐만 아니라 사람은 과거와 미래까지를 소유하려 하고 있다.

〈서광〉

성마름은 인생을 힘들게 한다

서로 사랑할 때도, 서로 다툴 때도, 또한 서로 존경할 때도 둘 중에 한 사람만이 언제나 번거로운 일을 책임지기 마련이다.

그 사람들의 특징은 공통으로 성마른 성격이다.

성마른 사람은 어떤 경우나 상황에서도 그 일의 도중임에도 불구하고 단적으로 반응하며 그때마다 감정을 폭발시켜 과도한 언행을 하곤 한다. 그래서 극히 평범한 일조차도 번거로운 일이 되고 만다.

〈서광〉

기다리게 하는 것은 부도덕하다

연락도 없이 사람을 기다리게 하는 것은 바람직하지 않다. 매너와 약속 차원만의 문제가 아니다. 기다리는 동안 그 사람은 이런저런 좋지 않은 상상을 하며 걱정하다가 불쾌감을 느끼고 결국은 분개하게 된다.

다시 말해 사람을 기다리게 하는 것은 아무런 도구도 이용하지 않고 상대를 인간적으로 나쁘게 만드는 매우 부도덕한 행위이다.

〈인간적인, 너무나 인간적인〉

선악 판단의 이기심

자신에게 해를 입히는 것은 악이고, 자신에게 이로움을 가져다 주는 것은 선이라는 식으로 선악을 판단하는 이기주의자가 있다.

그 사람이 이기주의자라는 것은 일반적으로 선악을 판단하는 것이 자신이라는 식으로 생각하기 때문이다. 이런 야만적인 사람은 세상에 적지 않다.

〈서광〉

거리로 나서라

혼돈에 들어가라. 사람들 속으로 들어가라. 모두가 있는 장소로 가라.

모두 속에, 군중 속에서 너는 더욱 부드럽고 새로운 인간이 될 수 있을 것이다.

고독 속에 있는 것은 좋지 않다. 고독은 너를 단정하지 못하게 만든다. 고독은 인간을 새롭지 못하게 만든다. 자, 방에서 나와 밖으로 나가라.

〈디오니소스의 노래〉

소유의 노예

인생에는 금전도 쾌락적인 거주지도 건강하고 풍요로운 식사도 필요하다. 그것들을 손에 넣음으로써 사람은 독립하여 자유로운 삶을 살 수 있다.

그런데, 그런 소유가 도를 넘으면 인간은 소유욕의 노예로 전락하고 만다. 소유를 위해 인생의 시간을 낭비하고 휴식 시간까지 구속당하여 조직에 의해 움직이고, 결국에는 국가에까지 얽매이게 된다.

인생이란 끊임없이 많은 소유를 경쟁하기 위해 부여된 시간이 아닐 것이다.

〈여러 가지 의견과 잠언〉

위험해 보이는 것은 도전하기 쉽다

용기가 있는 사람을 움직이게 하는 요령이 있다. 그 행위가 위험천만하거나, 매우 곤란한 것이라고 알리면 된다. 실제로는 그다지 [illegible]

그러면 용기 있는 사람은 그 행위가 위험하여서 자신이 당장 행동하지 않으면 아무도 행동하지 않을 것이라는 생각에서 움직이게 된다.

사람에게는 그 행위와 사안이 어느 정도 힘든 일이기 때문에 도전하려는 성질이 있다. 만약 처음부터 쉬운 일이라고 여긴다면 실패한 뒤에 변명할 수 없다. 힘든 일에 실패를 한 경우에는 그 용기에 대해 칭찬을 받거나, 적어도 위안을 받을 수 있다.

〈선악의 피안〉

나의 의무

나는 나의 직무와 나의 과제를 위해 -한 명의 주인공이자 연인인 동시에 여신인 사람을 위해- 살아야만 한다. 이것은 나의 약한 힘과 건강을 해친 육체로서는 너무나도 중대한 일이다. 외면적으로 보면 그것은 늙은 은둔자의 생활과도 같은 것이다. 그럼에도 불구하고 나는 용기를 내 서 있다. 나아가라, 더욱 높은 곳을 향해!

〈자이들리츠에게 보낸 편지〉

인간의 천진함

인간은 자연 속에서는 항상 어린아이 상태이다. 어린아이는 언젠가 괴롭고 힘든 꿈을 꾼다. 그러나 어린아이가 눈을 뜨면 여전히 낙원에 있는 자신을 보게 된다.

〈인간적인, 너무나 인간적인〉

사랑은 사람 속에서 가능한 최고의 아름다움을 찾아 그 아름다움을 계속 바라보고자 하는 눈을 가지고 있다.

제8장

사랑에 대하여

지금 그대로의 상대를 사랑하라

사랑한다는 것은 젊고 아름다운 상대를 골라 자신의 것으로 삼거나 뛰어난 상대를 어떻게든 자신의 것으로 삼으려 하거나, 자신의 영향권 하에 두려고 하는 것이 아니다.

사랑한다는 것은 또한, 자신과 비슷한 상대를 찾거나 서로 슬픔을 함께하는 것도 아니고, 자신을 사랑하는 상대를 골라 받아들이는 것도 아니다.

사랑한다는 것은, 자신과 완전히 정반대로 살아온 사람을 있는 그대로 좋아하는 것이다. 자신과는 반대 감성을 가진 사람도 그 감성 그대로를 기뻐하는 것이다.

사랑을 통해 서로의 차이를 채우거나 어느 한쪽이 양보하는 것이 아니라 서로의 차이를 있는 그대로 기뻐하는 것이 사랑하는 것이다.

〈방랑자와 그 그림자〉

사랑의 병에는

사랑에 관한 온갖 문제로 고민하고 있다면, 단 한 가지 확실한 치료법이 있다.

그것은 자신이 더 많이, 더 넓게, 더 따뜻하게, 그리고 더 강하게 사랑하는 것이다.

사랑에는 사랑이 제일 좋은 약이다.

〈서광〉

사랑의 방식은 변한다

젊어서 마음이 끌리며 사랑하려고 하는 것은 신기한 것, 재밌는 것, 독특한 것이 많다. 그리고 그것이 진짜인지 가짜인지는 신경 쓰지 않는 것이 보통이다.

사람이 조금 성숙해지면 진짜와 진리의 흥미로운 점을 사랑하게 된다.

사람이 다시 원숙해지면 젊은이가 단순하게 여기거나 따분하게 여기며 쳐다보지 않는 진리의 깊이를 즐기고 사랑하게 된다. 왜냐하면, 진리가 최고의 심원함은 단순하고 냉정하게 말하고 있다는 것을 깨닫게 되기 때문이다.

사람은 이렇게 자신의 원숙함과 함께 사랑의 방식이 변해 간다.

〈인간적인, 너무나 인간적인〉

사랑은 비처럼 내린다

사랑은 어째서 공정함보다 인기가 있고 중시 여겨지는 것일까?

어째서 사람은 사랑에 대해서만 많은 것을 이야기하고 끊임없이 찬미하는 걸까?

공정함이 사랑보다 지성적인 것이 아닌가? 사랑은 공정함보다 훨씬 어리석은 것이 아닌가?

사실 사랑이 그렇게 어리석은 것이기 때문에 모든 사람에게 있어서 마음 편한 것이다. 사랑은 끊이지 않는 꽃다발을 가지고 있어 어리석을 정도로 아낌없이 사랑을 줄 수 있다. 상대가 누구든 간에, 사랑할 만한 가치가 없는 사람이라도, 불공정한 인간이라도, 사랑을 받더라도 절대로 감사할 줄 모르는 사람이라도.

비는 선한 사람에게나 악한 사람에게나 똑같이 내리고, 사랑 또한 비와 마찬가지로 상대를 가리지 않고 촉촉하게 적셔준다.

〈인간적인, 너무나 인간적인〉

사랑의 눈과 욕구

사랑은 사람 속에서 가능한 최고의 아름다움을 찾아 그 아름다움을 계속 바라보고자 하는 눈을 가지고 있다. 사랑은 사람을 가능한 최고로 고양하고자 하는 욕구를 가지고 있다.

〈서광〉

사랑의 성장에 몸을 맞춰라

성욕에 몸을 맡기는 것은 매우 위험하다. 왜냐하면, 성욕만이 두 사람을 이어주는 끈이 되어 본래의 진정한 끈인 사랑이 잊혀버리기 때문이다.

사랑이란 것은 조금씩 성장하는 것이다. 그보다 앞서 성욕이 추월하게 해서는 안 된다. 사랑의 발달 조금 뒤에 성욕이 동반되는 것이 바람직하다.

그러면 상대도 자신도 깊은 사랑을 육체와 함께 느낄 수 있기 때문이다. 그것은 마음도 몸도 동시에 행복해질 수 있는 일이다.

〈선악의 피안〉

계속 사랑할 수 있을까

행위는 약속할 수 있다. 그러나 감각은 약속할 수 없다. 왜냐하면, 감각은 생각의 힘으로는 움직일 수 없기 때문이다.

[illegible] 약속할 수 없는 것처럼 보이다. 그러나 사랑은 감각뿐만이 아니다. 사랑의 본질은 사랑하는 행위 그 자체이기 때문이다.

〈인간적인, 너무나 인간적인〉

연인을 원하고 있다면

좋은 사람이 나타나기를 기다리고 있는가? 연인을 원하고 있는가? 자신을 진정으로 사랑해 줄 사람을 원하는가? 그것은 대단히 큰 착각이다!

많은 사람으로부터 사랑을 받을수록 너는 좋은 사람이 되려고 노력하고 있는가?

자신을 사랑해 줄 사람이 단 한 명이면 충분하다고? 그 한 사람은 많은 사람 속에 있다. 그런데도 모두로부터 사랑을 받지 못하는 너를 누가 사랑해 주겠는가? 이제 알겠는가? 너는 처음부터 터무니없는 주문을 하고 있다는 것을!

〈인간적인, 너무나 인간적인〉

남자들에게 매력적으로 보이려면

남자들에게 인기가 많아지고 싶으면 자신의 속내를 보여주지 않으면 된다.

[illegible] 게 보이는 유령처럼 신비로운 존재로 있으면 된다.

그러면 남자의 욕망은 더없이 자극받는다. 남자들은 그녀의 속내를 살펴보기 시작한다. 어떤 영혼을 내면에 감추고 있는지 영원히 찾을 것이다.

이 방법은 많은 사람을 매료시키는 데도 사용할 수 있다. 배우는 직업상 유령과 같은 존재이기 때문에 매력적으로 비치고, 독재자와 사이비 종교의 교주는 이 방법을 가장 잘 악용하고 효과적으로 이용하고 있다.

〈인간적인, 너무나 인간적인〉

결혼할지 말지 고민하고 있다면

결혼할지 고민하고 있다면 자신에게 깊이 자문해 보라.

자신은 이 상대와 80살이 되고, 90살이 되더라도 즐겁게 대화를 나눌 수 있을지를.

오랜 결혼생활 동안에 많은 일이 일어나겠지만, 그것들은 모두 일시적인 것으로 언젠가 사라져버린다.

그러나 두 사람이 대화를 계속한다는 것은 결혼생활 대부분을 차지하고 있으며 나이가 들수록 대화 시간은 더 늘어나기 마련이다.

〈인간적인, 너무나 인간적인〉

더 많은 사랑을 원하는 이기주의

남자와 여자 둘 다 더 사랑을 받아야 당연한 것이 자신이라고 여기고 있으면, 두 사람 사이에 불필요한 말다툼이나 성가신 문제가 발생하게 된다.

다시 말해 두 사람 다 자신이 더 뛰어나기 때문에 더 많이 사랑을 받을 가치가 있다는 자만에 빠진 것이다.

〈인간적인, 너무나 인간적인〉

여자를 버린 여자

남자를 매료시키는 것을 잊어버린 여자는 그만큼 사람을 증오하는 여자가 된다.

〈선악의 피안〉

사랑은 기쁨의 가교

사랑이란 자신과는 다른 방법으로 살고 느끼는 사람을 이해하며 기뻐하는 것이다.

[illegible] 는 사람에 대한 기쁨의 가교를 이어주는 것이 사랑이다. 차이가 있더라도 부정하지 않고 그 차이를 사랑한다.

자기 자신에 대해서도 마찬가지다. 자신 속에도 절대로 어울리지 않는 대립과 모순이 있다. 사랑은 그것들에 대하여 반발하지 않고 오히려 대립과 모순 덕분에 그것을 기뻐한다.

〈여러 가지 의견과 잠언〉

여자의 사랑 속에 포함된 사랑

여성은 온갖 종류의 애정을 나눠주지만, 모든 애정 속에는 반드시 모성애라는 것이 포함돼 있다.

〈인간적인, 너무나 인간적인〉

사랑과 존경은 동시에 얻을 수 없다

존경이라는 것은 상대와의 거리감이 있다. 거기에는 경외감이라는 것이 가로막혀 있다. 상대와의 거리에 상하관계가 발생하여 힘의 차이가 생긴다.

그러나 사랑이라는 것에는 그런 눈이 없다. 상하도 구별도 힘도 전혀 인정하지 않고 한데 아우르는 것이 사랑이기 때문이다.

따라서 명예심이 강한 사람은 사랑받는 것에 반항심을 느낀다. 사랑을 받기보다는 존경받는 것이 훨씬 기분이 좋다.

그러므로 자존심이 너무 강한 사람은 흔히 사랑을 받지 못한다. 사람이 사랑도 존경도 모두 원하는 마음은 이해가 되지만, 역시 사랑을 선택하는 것이 기분이 좋을 것이다.

〈인간적인, 너무나 인간적인〉

사랑은 용서다

사랑은 용서한다.

사랑은 욕정까지도 용서한다.

〈즐거운 지식〉

진실한 사랑으로 가득한 행위는 의식하지 않는다

누군가 타인에게 친절을 베푼 뒤에는 쾌감을 느낄 수 있다. 친절한 행위와 선행 그 자체가 쾌감인 것이 아니라 그 행위 뒤에 자신이 조금은 성인이나 밝은 사람에게 더 가까워진 것 같은 기분을 느낄 수 있기 때문이다.

그러나 평소의 생활 속에서 우리가 친구나 지인에게 친절을 베풀 경우에는 그것을 선행이라고 의식하지 않는다. 자연스럽게 친절을 베풀고 있고, 그리고 그 행위를 통해 자신이 맑아진 것 같은 기분이 들지 않는다.

그러나 이러한 행위가 더 친절을 의식한 행위보다 훨씬 진실한 사랑의 마음이 가득한 상위의 친절인 것이다.

〈방랑자와 그 그림자〉

최대의 이기주의

가장 큰 이기주의는 무엇일까?

사랑받고 싶다는 요구이다.

거기에는 자신은 사랑받을 가치가 있다고 소리 높여 외치는 주장이 있다. 그런 사람은 자신을 다른 사람들보다 높은 장소에 있는 특별한 존재라고 여기고 있다. 자신만은 특별한 평가를 받을 자격이 있다고 여기는 차별주의자이다.

〈인간적인, 너무나 인간적인〉

사랑하는 것을 잊으면

사람을 사랑하는 것을 잊는다. 그러면 다음에는 자신의 내면에 사랑하는 가치가 있다는 것조차 망각하여 자신까지 사랑하지 않게 된다.

그렇게 인간이라는 것을 끝내고 만다.

〈서광〉

사랑하는 사람은 성장한다

누군가를 사랑하게 되면 자신의 결점과 싫은 부분을 상대가 눈치채지 못하도록 노력한다. 이것은 허영심이 아니다. 사랑하는 사람에게 상처를 주지 않으려는 것이다.

그리고 상대가 언젠가 그것을 눈치채고 혐오감을 느끼기 전에 어떻게 해서든 자신의 결점을 고치려 한다. 이렇게 사람은 좋은 사람으로, 마치 신과 닮은 완전함에 다가가는 인간으로 성장해 나갈 수 있다.

〈즐거운 지식〉

사랑하는 사람의 눈이 보는 것

타인의 처지에서 보면 어떻게 저런 사람을 사랑할 수 있을까 하는 생각이 든다. 저 사람이 특별히 뛰어난 것도 아니고, 겉모습은 [illegible]

그러나 사랑하는 사람의 눈은 전혀 다른 점에 초점을 두고 있다. 사랑은 타인에게는 전혀 보이지 않는 그 사람의 아름답고 고상한 것을 발견하고 계속 바라보고 있어야 하는 것이다.

〈미덕의 피안〉

사람들은 구도와 이치가 확실한 것, 혹은 간단히 설명이 가능한 사항을 가볍게 여기는 경향이 있다.

제9장

지(知)에 대하여

본능이라는 지성이 생명을 구한다

밥을 먹지 않으면 몸이 허약해져 결국 죽는다. 수면이 부족하면 나흘 만에 몸이 당뇨병 환자와 다를 것 없는 상태가 된다. 잠을 전혀 자지 않으면 [illegible] 이른다.

지성은 우리의 삶을 돕지만 우리는 지성을 악용할 수도 있다. 지성은 그런 의미에서 편리한 도구와 마찬가지다.

그리고 우리는 본능을 동물적인 것, 야만적인 것으로 치부하기에 십상이지만, 본능은 확실하게 우리의 생명을 구하는 작용을 한다. 본능은 위대한 구제의 지성이며 누구에게나 갖춰진 것이다.

그러므로 본능이야말로 지성의 정점에 있고 가장 지성적인 것이라 할 수 있다.

〈선악의 피안〉

본질을 구분하라

광천수의 분출 방법은 제각각이다. 콸콸 쏟아지는 광천수. 마르지 않고 샘솟는 것.

광천수의 가치를 모르는 사람은 그 물의 양으로 판단을 한다. 광천수의 효용을 잘 알고 있는 사람은 그 샘의 물이 아니라 함유 성분으로 광천수의 질을 판단한다.

마찬가지로 어떤 일에 관하여 겉모습이나 양, 압도적인 박력에 현혹되지 않는다. 무엇이 인간에게 의미와 가치가 있는 걸까? 본질을 구분하는 눈을 갖는 것은 매우 중요하다.

〈방랑자와 그 그림자〉

관점을 바꿔라

무엇이 선이고 무엇이 악인가? 인간으로서의 윤리란 어떤 것인가에 대한 정의는 그 시대에 따라 정반대일 정도로 다르다.

고대에는 거듭된 악습과 습관에서 벗어나 자유롭게 행동하는 것은 비행이라고 여겼다. 또한, 개인적으로 행동하는 것, 자신을 초월한 평등, 예측을 벗어난 것, 익숙하지 않은 것 등이 악이었다. 고대인의 처지에서 본다면 현대의 평범한 행동과 사고 대부분이 악이다.

관점을 바꾼다는 것은 이런 것이다. 상대와 상황을 상상하는 것만이 관점의 변환이 아니다. 옛 시대에 대하여 배우는 것도 관점을 바꾸는 데 큰 도움이 된다.

〈서광〉

책을 읽더라도

책을 읽더라도 최악의 독자만은 되지 말자. 최악의 독자란 약탈을 반복하는 군인 같은 사람들이다.

다시 말해 그들은 뭔가 좋은 게 없을지 찾는 도둑의 눈으로 책의 이곳저곳을 적당히 뒤적이다가 자신에게 편리한 것, 지금 당장 쓸 수 있는 것, 도움이 되는 도구가 될 수 있는 것을 찾아 훔친다.

그리고 그들이 훔친 것만(그들이 이해할 수 있는 것만)을 마치 책 내용의 전부인 양 거리낌 없이 떠들어 댄다. 그래서 결국 그 책은 전혀 다른 것이 되는 것은 물론이고 책 전체와 독자를 모독하고 만다.

〈여러 가지 의견과 잠언〉

읽어야 할 책

우리가 읽어야 할 책은 다음과 같다.

읽기 전과 읽은 후에 세상이 전혀 다르게 보이는 책.

우리를 이 세상에서 [illegible] 책.

읽음으로써 우리의 마음이 깨끗해지는 것을 느끼게 해주는 책.

새로운 지혜와 용기를 주는 책.

사랑과 아름다움에 대한 새로운 인식, 새로운 눈을 뜨게 해주는 책.

〈즐거운 지식〉

참된 교육자는 해방시켜 준다

좋은 학교에 다니면 훌륭한 선생님이 있고 훌륭한 교육을 받을 수 있다고 한다. 과연 정말일까?

대체 무얼 배울 수 있다고 기대하고 있는 걸까? 어떤 식으로 교육을 받기를 원하는 걸까?

교사와 학교에 따라 배우는 것이 달라지는 걸까?

그러나 참된 교육자란 명성이나 실적에 따라서가 아니라 당신의 능력을 전부 발휘할 수 있게 해주는 사람이 아닐까? 다시 말해 참된 교육자란 당신을 해방해 주어야 마땅하다.

그렇다면 당신이 활기차고 자유롭게 능력을 충분히 발휘할 수 있도록 해주는 사람이야말로 당신의 진정한 교육자이고, 그곳이 당신의 학교이어야 한다.

〈교육자로서의 쇼펜하우어〉

완성까지 기다릴 수 있는 인내력을 가져라

재능과 기량을 타고났어도 일의 완성할 수 없는 사람이 있다. 그 [illegible] 시간을 믿고 완성까지 기다리지 못한다. 자신이 손만 대면 어떤 일이든 완성된다고 착각하고 있다. 그래서 언제나 어정쩡한 결과로 끝나고 만다.

일함에서도, 작품의 제작에서도 착실하게 진행하는 것이 중요하다. 성급하게 한다고 해서 빨리 완성될 수는 없다.

그러므로 일을 완성하는 것은 재능과 기량보다도 시간에 의한 숙성을 믿으면서 끊임없이 전진하는 기질이 결정적인 역할을 한다.

〈방랑자와 그 그림자〉

이상에 대한 이치를 찾아라

무언가 이상을 갖는 것만으로는 부족하다. 이상에 대한 이치를 자기 나름대로 찾는 것이 중요하다. 그렇지 않다면 자신의 행동, 삶의 방식이 전혀 정해지지 않은 채 머물게 된다.

이상이라는 것이 저 멀리 있는 별처럼 자신과는 관계가 없다는 듯이 바라보며 자신이 가야 할 길을 알지 못하는 것은 비참한 결과로 이어진다. 자칫하다가는 이상이 없는 사람보다도 지리멸렬한 삶을 사는 경우가 있기 때문이다.

〈선악의 피안〉

배울 의지가 있는 사람은 따분함을 느끼지 않는다

배워 지식을 쌓으며 교양과 지혜를 높이는 사람은 따분함을 느끼지 않는다. 모든 사항이 이전보다 더 흥미롭게 느껴지기 때문이다. 남들과 똑같은 것을 보고 듣더라도 [illegible] 평범한 것에서 교훈과 힌트를 쉽게 찾아내 생각의 빈틈을 채워줄 것을 발견하곤 한다.

다시 말해 그의 매일은 수수께끼 풀이와 지식을 쌓는 즐거움으로 의미 있고 충실함으로 충만해진다. 그에게 있어 세상은 흥미진진한 대상이다. 식물학자가 정글 속에 있는 것과 같다.

그렇게 날마다 발견과 탐색으로 가득하기 때문에 따분할 틈이 없는 것이다.

〈방랑자와 그 그림자〉

지나침은 금물

자신의 힘의 4분의 3 정도의 힘으로 일이나 작품을 완성하는 것이 좋은 성과로 이어진다.

전력을 다해 온 힘을 기울인 것은 왠지 무거운 인상을 주어 긴장을 하게 만들기 때문이다. 그것은 일종의 불쾌함과 흥분을 피할 수 없다. 게다가 그와 연관된 인간의 구린내가 풍긴다.

그러나 4분의 3 정도의 힘으로 완성한 것은 어딘지 모르게 여유를 느낄 수 있는 넉넉한 작품이 된다. 그것은 일종의 안심과 건강함을 느끼게 하는 쾌적한 인상을 주는 작품이다. 다시 말해 많은 사람이 받아들일 수 있는 완성품이 된다.

〈인간적인, 너무나 인간적인〉

프로가 되고 싶다면

어떤 일에서 프로가 되고 싶다면 처음부터 극복해야 할 것이 있다. 그것은 성급함, 성마름, 보복 등을 포함한 복수심, 욕정과 같은 것이다.

자신의 내면에 잠재된 이러한 것들을 쉽게 배척하거나 조종한 다음에 비로소 일을 시작해야 한다.

그렇지 않으면 언젠가 그것들은 범람한 강물처럼 모든 것을 허사로 만들 가능성이 있기 때문이다.

〈방랑자와 그 그림자〉

마무리를 잊지 마라

건축가의 도덕은 집이 완성된 뒤 발판을 말끔하게 정리하는 것이다. 원예가의 도덕은 가지를 자른 뒤 떨어진 가지와 나뭇잎을 청소하는 것이다.

이와 마찬가지로 우리도 무슨 일을 한 뒤에는 깔끔하게 마무리를 지어야 한다. 그래야 비로소 시작한 일이 마무리되고 완성하게 된다.

〈방랑자와 그 그림자〉

원하는 것은 여기에 있다

네가 서 있는 곳을 깊이 파보라. 샘은 발아래 있다.

이곳이 아닌 다른 먼 곳에, 미지의 이국땅에서 자신이 찾는 것과 가장 걸맞은 것을 찾고자 하는 젊은이가 얼마나 많은가!

실은 자신이 한 번도 본 적이 없는 자신의 발아래야말로 아무리 퍼내도 마르지 않는 샘이 있다. 원하는 것이 파묻혀 있다. 자신에게 주어진 많은 보화가 잠들어 있다.

〈농담, 거짓말, 보복〉

지름길은 현실이 가르쳐 준다

학교에서는 가장 짧은 길은 시작과 끝을 직선으로 잇는 길이라고 가르친다. 그러나 현실에서의 지름길은 그렇지 않다.

옛 선원들은 이렇게 가르치고 있다. '최적의 바람이 불어와 돛을 밀어 인도해주는 선로가 가장 짧은 지름길이다.'

이것이야말로 실제로 무언가를 이루고자 하는 경우에 적용하는 지름길의 이치다. 머릿속에서 세운 계획대로 만사가 진행되지는 않는다. 현실의 무언가가 먼 길을 가장 가까운 길로 만들어 준다. 그것이 무언가는 미리 알 수 없고 실제로 진행하고 나서야 비로소 알 수 있게 된다.

〈방랑자와 그 그림자〉

멀어져야 비로소 파악할 수 있다

모네가 그린 점묘화는 가까이서 보면 무엇을 표현하고 있는지 알 수 없다. 멀리 떨어진 곳에서 감상해야 비로소 무엇을 표현하고 있는지 윤곽을 알 수 있다.

사건의 와중에 있는 사람도 마찬가지다. 가까이 있으면 무엇이 어떻게 된 것인지 알 수 없다. 그러나 조금 떨어져서 지켜보면 무엇인 문제인지가 보이기 시작한다. 구성하고 있는 것의 축이 되어 있는 것이 또렷하게 드러나기 때문이다.

이 수법은 복잡한 것을 단순화시키는 것이다. 사상가라 불리는 사람은 일단 이 방법을 사용해서 복잡한 사항을 큰 틀로 단순화시켜 누가 보더라도 알기 쉽게 한다.

〈즐거운 지식〉

자신의 철학을 갖지 말라

'철학을 갖다.' 라고 일반적으로 말할 때, 이는 어떤 확고한 태도나 견해를 갖는 것을 의미한다. 그러나 그것은 자신을 획일화시키는 것이다.

그런 철학을 갖기보다는 매 순간의 인생이 알려주는 속삭임에 귀를 기울이는 것이 낫다. 그편이 상황과 생활의 본질이 더 잘 보이기 때문이다.

그것이야말로 철학하는 것일 뿐이다.

〈인간적인, 너무나 인간적인〉

현명함을 주장할 필요는 없다

자신의 현명함을 부주의하게 주장하면 늦든 이르든 간에 유형무형의 반발과 저항을 부르게 된다. 무언가 좋은 것, 기분을 좋게 하는 것 등을 얻는 것은 불가능하다.

그러므로 평범한 사람들처럼 희로애락을 보여주고 때로는 함께 흥분하는 것이 현명한 일이다. 그러면 특출한 현명함을 감출 수 있고 현명한 사람 특유의 일종의 예민한 냉정함과 깊은 사고를 통해 상대에게 상처를 주는 일은 없게 된다.

〈방랑자와 그 그림자〉

철저하게 체험하자

공부하고 책을 읽는 것만으로는 현명해지지 않는다. 사람은 온갖 체험을 통해 현명해진다. 물론 모든 체험이 안전하다고 할 수는 없다. 체험하는 것은 위험하기도 하다. 심한 경우 그 체험의 중독과 의존증이 생길 수도 있기 때문이다.

그리고 체험하고 있을 때는 그 사안에 몰두하는 것이 중요하다. 도중에 자신의 체험에 대하여 냉정하게 관찰하는 것은 바람직하지 않다. 그러지 않으면 제대로 전체를 체험했다고 할 수 없다.

반성이나 관찰이라고 하는 것은 체험 뒤에 해야 한다. 그래야 비로소 지혜라고 하는 것이 싹트기 때문이다.

〈방랑자와 그 그림자〉

생각은 말의 질과 양으로 결정한다

우리는 평소 자기 생각과 감정을 마음속으로 생각하거나 누군가에게 이야기하고 있다. 그때, 자신의 생각과 말하고자 하는 것을 대부분 표현하고 있다고 생각하는 [illegible] [illegible] 상대에 대해서도 전부라고는 할 수 없겠지만 거의 전달되었을 거라는 낙관적인 생각을 하기 십상이다.

그러나 우리는 항상 자신이 가지고 있는 말로써 생각을 표현하고 있을 뿐이다. 다시 말해 가진 말이 부족하면 표현도 부족하게 되고, 생각과 감정을 실제로는 충분히 전달했다고 할 수 없다. 또한, 동시에 그 말의 질과 양이 자기 생각과 마음을 결정하기도 한다. 어휘력이 부족한 사람은 생각도 마음가짐도 어색해진다.

그러므로 뛰어난 사람과의 대화와 독서, 공부를 통해 말의 질과 양을 늘리는 것은 자연스럽게 자신의 생각과 마음을 풍성하게 해주게 된다.

〈서광〉

자신에게 대해서조차 한마디 거짓도 하지 마라.

인식의 절실함

만약 우리 자신과 우리가 사랑하는 사람들에 대한 소유, 재산, 명예, 삶, 죽음과 연관된 위험이 있을 때, 사람은 그런 인간 상태를 일반적으로는 완전히 다른 것으로 이해한다. 그런데 우리는 모두 비교적 매우 편안 속에서 살고 있어서 뛰어난 인간 감식가는 될 수 없다. 어떤 사람은 도락을 통해 인식하고, 또 어떤 사람은 태만에서, 그리고 또 어떤 사람은 습관에서 인식한다. 결코 "인식하라. 그러지 않으면 파멸하라."와 같은 식으로는 되지 않는다. 진실이 그 칼날로 우리의 살결을 찢기 전에 우리는 마음속 깊이 그 진실들에 대한 경멸의 마음을 보류하고 있는 것이다.

〈서광〉

정신의 모험가

생성의 바다 한복판에서 모험가이자 철새인 우리는 작은 배 보다는 그리 크지 않은 섬에 올라 잠시 주변을 살펴본다. 가능한 한 바삐, 그리고 신기한 듯이 [illegible]하며, 한 순간의 바람도 순식간에 우리를 날려버릴 수 있고, 혹은 작은 섬에 몰려오는 파도도 순식간에 우리를 삼켜버릴 수 있어 그곳에 우리는 단 한 사람도 남지 않게 될 테니까. 그러나 이곳, 이 작은 장소에서 우리는 또 다른 철새들을 발견하고, 또한 이전부터 있었던 목소리를 듣는다. 그러면 우리는 서로 기뻐하며 날갯짓을 하고 지저귀면서 인식과 추측의 귀중한 순간을 살며 바다와 조금도 다르지 않을 정도의 자부심을 가지고 정신세계의 바다 위로 모험을 찾아 떠난다.

〈서광〉

역사를 통해 배우라

헤라클레이토스는 자부심이 대단했다. 그리고 한 철학자에게서 자부심이 달성될 때는 위대한 자부심이 발생하게 된다. 그의 천부적 재능을 매우 드문 것, 어떤 의미에서는 가장 부자연스러운 것으로서 그와 비슷한 수많은 천부적 재능에 대해서조차도 배타적이고 적대적이다. 그의 자족自足의 성벽을 파괴해서는 안 될 것이라면 다이아몬드로 되어 있어야 한다. 모든 것이 그와 역행하여 운동하고 있기 때문이다. 눈앞의 순간적인 것에 대한 무시란 위대한 철학적 천성의 본질을 근거로 하고 있다. 그런 인간들에 대하여, 그들이 과거 살아 있었다는 것을 안다는 것은 중요한 일이다. 사람은 결코 헤라클레이토스의 자부심에 대하여 상상조차 할 수 없을 것이다. 만약 역사를 통해 배우지 않는다면 아무도 유일한 혜택을 받은 '진리의 탐구자' 라고 하는, 마치 왕과 같은 절대적인 자존심과 헌신을 믿지 않을 것이다.

〈그리스 비극시대의 철학〉

멀리서 되돌아보라

지금까지 오래 관여하여 잘 알고 있다고 생각했던 것과 일단 멀리 거리를 두고 되돌아보자. 그러면 무엇이 보일까?

줄곧 살던 마을에서 멀리 떨어졌을 때, 마을의 중심에 있는 탑이 집들 속에서 얼마나 높이 솟아 있는지를 처음으로 알게 된다. 그와 마찬가지 일이 일어날 것이다.

〈방랑자와 그 그림자〉

냉정함에는 두 종류가 있다

일은 물론 대부분의 사안에 대하여 냉정하고 침착한 것이 잘 풀린다. 그런데 이 냉정함에는 서로 내용이 다른 두 종류의 것이 있다.

하나는 정신 활동의 쇠약으로 인한 냉정함이다. 무슨 일이든 무관심하고 많은 사안을 자신과는 멀다고 느끼기 때문에 남들의 눈에는 매우 냉정하게 보인다.

또 하나는 자신의 충동과 욕망을 이겨낸 뒤에 얻게 되는 냉정함이다. 이 냉정함을 가진 사람은 적확하게 대처할 수 있고 많은 것에 이해를 표하며 일종의 쾌락을 느끼게 하는 특징이 있다.

〈방랑자와 그 그림자〉

원인과 결과 사이에 있는 것

이 원인이 있었기에 그 결과가 되었다고 생각하는 경우가 많다. 그러나 그 원인과 결과는 우리 마음대로 이름을 붙인 것에 불과하다. [illegible]

어떤 사안과 현상이든 간에 원인과 결과로 쉽게 분석할 수 있을 정도로 그리 간단하지 않다. 눈에 전혀 보이지 않는 또 다른 요소가 더 많이 있을지도 모르기 때문이다.

그것을 무시하고 어떤 한 가지 사안만의 원인과 결과를 단정하고 거기에 무언가 강력한 연관성과 연속성이 있다는 듯이 생각하는 것은 너무나 어리석은 일이다.

그러므로 원인과 결과로 사안의 본질을 이해한 것처럼 느끼는 것은 착각에 불과하다. 많은 사람이 똑같이 생각하더라도 그것이 옳다는 것을 보장해주지 않는 것은 당연한 일이다.

〈서광〉

대화의 효용성

대화, 그것도 사소한 세상사나 소문 같은 것이 아니라 무언가 정해진 사안에 대하여 깊은 대화를 나누는 것은 매우 소중한 일이다.

왜냐하면, 그런 대화를 통해 자신이 무엇을 생각하고 있는지, 무엇을 간과하고 있는지를 확실히 알 수 있고, 문제의 중요한 점이 무엇인지 지금보다 훨씬 더 잘 보이기 때문이다. 그렇게 하나의 생각이 형태를 이루며 정리된다.

혼자 끙끙 앓으며 고민하기만 한다면 끝이 나지 않고 아무것도 정리되지 않는다.

그러므로 대화는 서로에게 생각의 산파가 되어 도움을 준다.

〈선악의 피안〉

독창적이 되기 위해서는

전혀 새롭고 갑작스러운 것을 발견하는 특수한 후각을 가진 소수의 사람이 독창적인 것이 아니다.

[illegible] 한 것, 많은 사람이 보잘것없는 것이라 여기며 쉽게 간과했던 것을 마치 매우 새로운 것처럼 재고할 눈을 가진 사람이 독창적인 것이다.

〈여러 가지 의견과 잠언〉

낮은 시점에서 바라보라

가끔은 허리를 숙이고, 혹은 최대한 낮게 엎드려 풀과 꽃, 그 사이를 날아다니는 나비를 가까이 보는 것이 좋다.

거기에는 지금까지 걸으면서 내려다보았던 풀과 꽃과 곤충과는 또 다른 세상이 있다. 어린아이가 매일 당연하듯 바라보고 있는 세계의 모습이 펼쳐져 있다.

〈방랑자와 그 그림자〉

현실과 본질의 양면을 보라

눈앞의 현실만을 보고 그때마다 현실에 적합한 대응을 하는 사람은 분명히 현실적인 사람이고 믿음직스럽게 보일지 모른다.

[illegible] 은 멸시해서는 안 되고, 현실은 역시 현실이기 때문이다.

그러나 사안의 본질을 보고자 할 때는 현실만을 봐서는 안 된다. 현실 저편에 있는 보편적인 것, 추상적인 것이 무엇인지를 파악할 수 있는 시선을 가져야 한다. 고대 철학자 플라톤처럼.

〈서광〉

현실은 솔직하게

어떤 사안에 대하여 두 사람이 이야기를 나눈다. 한 사람은 눌변이고, 다른 한 사람은 능변가이다. 이 차이는 대화 기술의 문제가 아니다.

눌변인 사람은 과장된 표현을 하곤 한다. 이것은 듣는 사람의 흥미를 끌려고 하기 때문이다. 그 의도와 비겁함이 듣는 사람의 입장에서도 느껴진다.

다른 한 사람은 정말로 자신의 흥미 때문에 그 사안을 성실하게 말하고 있다. 그의 말에는 약삭빠른 작위성이 없다. 때문에 듣는 사람은 그의 말을 진지하게 여기며 상대가 품고 있는 흥미 그 자체를 받아들이려 상상력을 발휘하며 이야기에 빠져든다.

이것은 책도 마찬가지고 배우의 연기 또한 마찬가지다. 우리의 삶의 방식 전반에 통하는 것이다.

〈선악의 피안〉

진리는 진리로 머문다

진리에 대한, '그 어떤 가치도 소중히 여기는 진리' 에 대한 의지, 진리에 대한 사랑에서의 청년의 광기에 우리는 질려 있다. 우리는 그런 것에 대하여 너무나 많은 경험이 있고, 너무나 엄숙하고, 너무나 쾌활하고, 너무나 많이 데었고, 너무나 신중하다. 우리는 이제 진리의 베일을 벗긴다 하더라도 그 진리가 여전히 진리로 머물리라는 것을 믿지 않는다. 그것을 믿기에 우리는 충분히 많이 살았다. 인간은 모든 것을 벌거벗은 모습 그대로를 봐야만 하고, 모든 사건에 함께해야 하고, 모든 것을 이해하고 알고자 욕망해야만 한다. 인간은 자연이 수많은 비밀과 온갖 불확실한 것의 뒤에 모습을 감추고 있을 때의 수치심을 좀 더 존중해야 할 것이다. 아아, 그리스인들이여! 그들은 어떻게 살아야 할지를 알고 있었다. 때문에 결연한 표정, 주름, 피부 주변에 멈춰야 하고, 가상을 숭배하고, 형식, 음향, 말, 가상의 모든 올림푸스를 믿어야 할 필요가 있었다.

〈즐거운 지식〉

입으로 해서는 안 되는 것

말은 위험한 것이다. 입 밖으로 내뱉어서는 안 될 말이 얼마나 많은가! 더군다나 다름 아닌 종교적, 철학적인 근본 직관이야말로 치부에 속한다. 그것들은 우리의 사색과 의욕의 근원이다. 이 때문에 밝은 곳으로 끌어내서는 안 된다.

〈게르스도르프에게 보낸 편지〉

본질을 바로 보자

우리는 이따금 이중의 불공정을 통해 진리를 촉진한다. 다시 말해서 우리에게는 함께 볼 수 없는 한 사건의 양면을 순차적으로 보고 서술하며, 게다가 그 어느 경우에도 우리가 본 것이 모두 진실이라 망상하면서 다른 면을 오인하거나 부정하는 경우가 바로 그렇다.

〈즐거운 지식〉

진리의 추구

하나의 정신이 얼마나 많은 진리를 견딜까, 얼마나 많은 진리를 감히 추구할 것인가? 이것은 내게 있어 점점 더 커지면서 원래의 가치를 측정하는 척도가 되었다. 오류는 맹목이 아니다. 오류는 두려움이다.

〈이 사람을 보라〉

빛을 향하여

예지叡智의 길을 전진하라. 확고한 걸음으로, 확고한 신념을 가지고! 그대가 어떤 인간이든 간에 경험의 샘으로써 그대 자신을 섬기라! 그대의 본질에 대한 불만을 버려라. 왜냐하면, 어떤 상황에서 그대는 스스로 백 단이나 되는 사다리를 갖고 있어 그 단을 거슬러 인식까지 오를 수 있기 때문이다. 깊은 슬픔을 품고 그 속에 던져져 있는 그대가 느끼고 있을 때의 시대는 이 인식이라는 행복 덕분에 그대를 정복淨福이라 칭송한다. 후대의 사람들에게는 아마도 가질 수 없을 것을 온갖 경험을 통해 지금 당장 그대에게 주어지고 있다는 것을 시대는 그대에게 외치고 있다. 인류가 과거의 사막을 지나 그 고난에 찬 위대한 걸음을 걸어온 발자취를 더듬으며 되돌아가야 한다. 그러면 후대의 모든 인간이 다시 갈 수 없고, 또한 허락되지 않은 곳이 어디에 있는지를, 그대는 가장 확실히 가르칠 수 있을 것이다. 그리고 그대가 전력을 다해 미래의 연결고리가 어떤 식으로 이어져 있는지를 미리 알고자 하는 사이에 그대 자신의 삶이 하나의 도구, 인식을 위한 수단으로서 가치를 띠게 된다.

만약 그대의 눈빛이 충분히 강하고 그대의 본질과 그대의 인식의 어두운 원천을 꿰뚫어 볼 수 있다면, 아마도 그대에게는 다시 그 샘의 물거울 속에서 미래 문화의 저 멀리 별이 반짝이는 하늘을 보게 될 것이다. 그대는 이러한 목표를 가진, 이러한 삶은 대단히 끈기가 필요하고 유쾌함이 매우 모자란 것으로 생각하는가? 그렇다면 그대는 아직 인식의 꿀보다 달콤한 그 어떤 꿀도 없다는 것, 그리고 축 처져 우수에 찬 구름은 그대를 위해 젖가슴 역할을 해야 할 것이고, 그대는 생기를 찾기 위해 거기서 젖을 짜내리라는 것을 아직 깨닫지 못한 것이다. 나이가 들면 그대는 비로소 어떻게 자연의 목소리에 귀를 기울였는지, 그리고 그 자연은 세계 전체를 쾌락을 통해 지배하고 있다는 것을 깨닫게 될 것이다. 그 첨단을 노령이라는 곳에 놓여 있는 삶 또한 마찬가지로 그 첨단을 예지로, 지속하는 정신적 기쁨의 부드러운 태양 빛에 놓여 있는 것이다. 이 둘, 다시 말해 노령과 예지를 그대는 삶의 산등성이 너머에서 만나게 될 것이다. 자연은 그것을 바라고 있다. 그때는 죽음의 안개가 다가오고 있다는 것은 단지 시간의 문제일 뿐 전혀 화낼 필요가 없다. 빛을 향하여 -그것이 그대 궁극의 움직임. 인식의 환희- 그것이 그대 궁극의 목소리.

〈너무나 인간적인. 1부. 292〉

제10장

아름다움에 대하여

이상과 꿈을 버리지 마라

이상을 버리지 마라. 자신의 영혼 속에 있는 영웅을 버리지 마라.

누구나 높은 곳을 지향하고 있다. 이상과 꿈을 갖고 있다. 그것이 과거의 것이든, 청춘 시절의 것이든, 그리워하게 돼서는 안 된다. 지금도 자신을 높이 올리려는 것을 포기해서는 안 된다.

어느 순간 이상과 꿈을 버리게 되면 이상과 꿈을 말하는 타인과 젊은이를 비웃는 마음이 싹트게 된다. 마음이 시기와 질투만으로 물들어 탁해지고 만다. 향상하는 힘과 극기심 또한 함께 사라지고 만다.

잘 살기 위해, 자신을 모독하지 않기 위해서도 이상과 꿈을 결코 버려서는 안 된다.

〈자라투스트라는 이렇게 말했다〉

자신 속에 있는 높은 자기

높은 자기에 우연히 만나게 될 날이 있다. 평소의 자신이 아니라 더욱 맑고 고급스러운 자신이 지금 여기에 있다고 하는 것을 은총으로 여기는 순간이 있다.

그 순간을 소중히 하라.

〈인간적인, 너무나 인간적인〉

젊은이들에게

너는 자유롭고 높은 곳에 가려 하고 있다. 그러나 그런 너는 젊어서 많은 위험에 노출되어 있기도 하다.

그러나 나는 간절히 바란다.

네 사랑과 희망을 절대 버리지 말기를.

네 영혼 속에 사는 고귀한 영웅을 버리지 마라.

네 희망의 최고봉을 신성한 것으로 여기며 계속 유지하기 바란다.

〈자라투스트라는 이렇게 말했다〉

끊임없이 전진하라

'어디서 왔는가.' 가 아니라 '어디로 가는가.' 가 가장 중요하고 가치가 있다. 영예는 그 점에서 부여된다.

어떤 장래를 지향하고 있는가? 현재를 뛰어넘어 어디까지 높이 갈 수 있을까? 어떤 길을 개척하고 무엇을 창조하려 하는가?

과거에 얽매이거나 아래에 있는 사람과 비교하여 자신을 칭찬하지 마라. 꿈에 대해 즐겁게 이야기하면서 아무것도 하지 않거나, 적당히 현 상황에 만족하고 머무르지 마라.

끊임없이 전진하라. 더 멀리. 더 높은 곳을 향하여.

〈자라투스트라는 이렇게 말했다〉

대비를 통해 빛나게 하라

화가는 아름답고 밝게 빛나는 하늘을 자신이 가지고 있는 물감만으로는 그려낼 수 없다.

[illegible]의 색조를 진짜 자연이 그려내고 있는 색조보다 낮게 한다. 그러면 하늘이 대비적으로 밝게 빛나도록 그릴 수 있다.

이 기술을 우리는 그림을 그릴 때 이외에도 응용할 수 있다.

〈서광〉

아름답게 보는 눈을 가져라

때로는 멀리 보는 시야가 필요할지도 모른다.

예를 들어, 친한 친구들과 함께 있을 때보다 그들과 떨어져 홀로 친구들을 생각할 때, 친구들은 더욱 아름답다. 음악에서 멀어져 있을 때 음악에 대한 최고의 사랑을 느끼는 것처럼.

그런 식으로 멀리서 생각할 때, 여러 가지 것들이 매우 아름답게 보이기 때문이다.

〈서광〉

긍지를 가져라

공작 대부분은 사람들 앞에서는 자신의 아름다운 꼬리를 감춘다. 이것은 공작의 긍지라 불린다.

공작 같은 동물조차도 그러하니 우리는 인간으로서 더욱 당당함과 긍지를 가져야 할 것이다.

〈선악의 피안〉

자신의 눈으로 보라

스위스 제네바에서 보는 몽블랑 주변 산들은 아름답고 풍부한 표정을 보여주고 있다. 그러나 '몽블랑은 최고봉에 천연의 아름다움을 감추고 있다.' 라는 관광 지식 때문에 사람들의 눈은 몽블랑에만 쏠린다.

이런 식이라면 정말로 자신의 눈으로 즐길 수 없다.

지식이 아닌 자신의 눈으로 지금 바라보고 있는 아름다움을 인정하라.

〈방랑자와 그 그림자〉

나무를 본받자

소나무의 서 있는 모습을 보라. 귀를 기울인 채 무언가에 심취해 있는 것처럼 보인다.

선나무는 어떤가? 잠도 자지 않은 채 무언가를 기다리고 있는 것처럼 보인다.

이 나무들은 조금도 서두르지 않는다. 초조해하거나 아우성치지 않고 고요 속에서 가만히 인내한다.

우리 또한 이런 나무의 태도를 본받아야 하지 않을까?

〈방랑자와 그 그림자〉

헌신은 눈에 보이지 않을 수도 있다

헌신은 도덕적으로 존엄한 행위라고 여겨진다. 약자와 병자와 노인을 돌보는 것. 자신을 희생하여 돕는 것. 자기 목숨의 위험조차 감수하고 타인을 돕는 것. 의사도 간호사도 응급대원도 보호사도 헌신이 자신의 임무이다.

그러나 잘 생각해 보라. 다른 일의 대부분도 사실은 헌신의 한 종류가 아닐까? 종교나 직접 사람을 구하는 것과 전혀 관계가 없더라도 결국은 사람을 돕기 위해 자신을 희생하여 일을 하는 것이 아닐까? 농업도 어업도 운수업도 장난감을 만드는 것도.

또한, 사려 깊이 이루어지는 행위조차도 헌신이 아닐까?

〈방랑자와 그 그림자〉

고귀한 영혼

고귀한 영혼의 종족은 다음과 같이 욕망한다. 다시 말해 그들은 그 어떤 것도 무상으로 소유하는 것을 바라지 않는다. 특히 삶은.

대중 속에 있는 사람은 [illegible]의 삶을 살면서 부끄러운 줄 모른다. 그러나 삶을 스스로 만들어낸 우리 특별한 인간들은 그에 대하여 가장 훌륭한 보답에 대하여 항상 염두에 두고 있다!

그리고 이것을 고상한 말로 표현하자면 다음과 같다. "우리에게 삶이 약속하는 것, 그것을 우리는 삶을 위해 지켜내자!"

사람이 향락이 금지된 것을 향락하려 해서는 안 된다. 그리고 사람은 향락하려 해서는 안 된다.

다시 말해 향락과 천진함은 가장 수치스러운 것이다. 이 둘 다 추구하려 하지 않는다. 사람은 그런 마음을 가져야 한다. 그러나 사람은 오히려 다시 죄와 고통을 추구하지 않으면 안 된다!

〈자라투스트라는 이렇게 말했다〉

위대한 노동자

위대한 사람들은 착안이 뛰어난 사람들만은 아니다. 위대한 사람은 모두 위대한 노동자이기도 하다.

왜나하면, 그들은 그들의 일에 있어서 버리거나, 운반하거나, 전력을 다하여 만들고 정리하는 일에 여념이 없고, 그런 노력을 멈추지 않고 계속하기 때문이다. 단지, 그런 노력이 남들의 눈에는 보이지 않을 뿐이다.

〈인간적인, 너무나 인간적인〉

감각을 사랑하라

감각과 관능을 천박하거나 부도덕하고, 거짓된 뇌의 화학적 반응에 불과하다는 식으로 말하며 억지로 밀어내지 않도록 하라.

우리는 감각을 사랑해도 괜찮다.

감각은 각각의 정도로 정신적인 될 수 있고, 인간은 예로부터 감각을 예술화하여 문화라는 것을 만들어왔으니까.

〈힘에 대한 의지〉

자신밖에 증인이 없는 시련

자신을 시련에 맡겨라. 아무도 몰래 자신밖에 증인이 없는 시련에.

예를 들어, 누구의 눈에도 띄지 않는 곳에서도 정직하게 살아라. 예를 들어, 혼자인 경우에도 예의를 지켜라. 예를 들어, 자신에게대해서조차 한마디 거짓도 하지 마라.

그리고 많은 시련을 이겨냈을 때, 스스로 자신을 다시 보게 되어 자신이 고귀한 존재라는 것을 깨닫게 되었을 때, 사람은 진정한 자존심을 가질 수 있게 된다.

이것은 강력한 자신감을 심어준다. 그것이 자신에 대한 선물이다.

〈선악의 피안〉

아름다움과 진실 사이

아름다움과 진실의 중간 세계는 도취의 연기 속에서 드러나는 것으로 도취에 의한 완전한 몰두 속에서가 아니다. 배우에게서 드러나는 디오니소스적 인간을 본능적인 시인, 가수, 무도사舞蹈者로 재인식하지만, 연기에 의한 디오니소스적 인간이다. 그는 숭고함의 울림 속에서, 혹은 홍소哄笑의 울림 속에서 자신의 모범에 도달하고자 시험한다. 그는 아름다움을 초월해 가지만, 여전히 진실을 추구하지는 않는다. 그는 양자兩者 사이를 떠다니고 있을 뿐이다.

〈디오니소스적 세계관〉

예술가의 병

예술가를 제약하는 예외적인 상태가 있다. 그 상태는 모든 병적인 현상과 깊은 혈연이 있기 때문에 공존하고 있다. 따라서 예술가이면서 병적이지 않다는 것은 있을 수 없는 일처럼 보인다.

〈권력에의 의지〉

음악의 가치

대부분의 음악은 우리가 그것에서 자신의 과거의 말을 찾았을 경우에 드디어 매혹적으로 느낀다. 그런 이유에서 초보자들은 오래된 음악을 더 좋다고 느끼며, 새로운 음악엔 [illegible] 느낀다. 왜냐하면, 그것은 아직 별 감상을 자극하지 못하기 때문이다.

〈인간적인, 너무나 인간적인〉

예술에 대한 경의

우리는 머지않아 예술가를 훌륭한 산물로 여기며 그 힘과 아름다움에 과거의 모든 시대의 행복이 달린 감탄에 맞이할 이방인을 대하듯이 우리의 동료들에게는 흔히 주어지지 않는 경의를 표하게 될 것이다. 우리의 몸에 있는 최선의 것은 아마도 우리가 지금까지 직접적인 길에 의해서는 도저히 도달할 수 없는 과거의 모든 시대의 정감에서 상속된 것이다.

<인간적인, 너무나 인간적인>

음악에 담긴 지성을 찾는 일

음악은 그것 자체로는 감정의 직접적인 언어라 여겨도 좋을 만큼 우리의 내면에 있어 중요한 것도 아니고, 깊은 감동을 주는 것도 아니다. 단지 예로부터 음악이 문예와의 결합으로 리듬 운동, 소리의 강약 속에 수많은 상징성을 내포했기 때문에 현재 우리는 음악이 직접 내면에 호소하고 내면으로부터 발생하는 것이라고 망상하는 것이다. 그것 자체만으로는 그 어떤 음악에도 깊이나 중요성이 없다. 지성 그 자체가 비로소 이 중요성을 음향 속에 담은 것이다.

〈인간적인, 너무나 인간적인〉

아름다움에 대한 욕구

아름다움이 그 마력을 독일인에게마저도 발산할 수 있으려면 얼마나 높은 경지에 도달해야 하는가에 대한 예감이 독일의 예술가들을 자극하여 높은 곳으로, 너무 높은 곳으로, 또한 열정의 방종에 이르게 한다. 이것은 곧 추악함과 치졸함을 벗어나 적어도 저 먼 곳을 바라보며, 더 낫고, 더 경쾌하고, 더 남방적이며, 더 밝은 세계로 향하려 하는 정말로 깊은 욕구이다.

〈즐거운 지식〉

지식의 마력

'즐거운 지식' 이란 즉, 길고 두려운 압박을 강인하게 –강인하게, 엄격하게, 냉소적으로, 굴복하지 않지만, 희망도 없는– 저항하며 이제 단숨에 희망으로, 건강에 대한 희망으로, 쾌유의 흥에 취한 하나의 정신적 사투르누스(Saturn: 로마 신화에 나오는 농경 신) 축제이다.

〈즐거운 지식〉

인식과 아름다움

이해가 확실하고 결정적으로 전진하고 진보하기만 한다면 일어날 수 있는 모든 종류의 환희는 현재 일어나고 있는 종류의 과학에서 또한 매우 풍요롭게, 그리고 이미 매우 많은 사람에게서 흘러나오고 있다. 항상 현실에서 벗어나 가상의 심연에 뛰어들 때만 환희하는 습성을 가진 모든 사람은 당분간은 이러한 환희를 믿을 수 없을 것이다. 이러한 사람들은 현실이라는 것은 불쾌하다고 말한다. 그러나 불쾌한 현실일지라도 그것의 인식은 아름다운 것이라는 것, 그리고 동시에 많은 것을 인식하는 사람은 결국 현실이라는 것의 커다란 전체를 불쾌하게 보는 경지에서 멀리 벗어난다는 것에 대하여 그들은 생각하지 않는다. 도대체 무엇이 '그 자체가 아름다운 것.'이 될 수 있단 말인가? 인식하는 사람들의 행복은 세계의 아름다움을 키우고 존재하고 있는 모든 것을 결국 광채가 나는 것으로 만들어 낸다.

〈서광〉

제11장

과거와 미래에 대하여

위대함은 세습된다

나는 한 시대의 보기 드문 인간들을 기꺼이 과거의 모든 문화와 그것들의 힘이 갑자기 드러나는 내세로서, 다시 말해 한 민족과 그 문화에 내한 '격세유전隔世遺傳' 이라 생각한다. 이렇게 해야만 실제로 그들에 대하여 무언가를 이해할 수 있다. 현재로써는 그런 것과는 거리가 멀고, 놀랍고, 이상하게 보인다. 그래서 이 힘을 자신의 내면에서 느낄 수 있는 사람은 반항하는 다른 세계에 대하여 이 힘을 육성하고, 옹호하고, 존중하고, 성장시켜야만 한다. 그러면 그는 위대한 인간이 되거나, 아니면 그저 남과 다른 미친 사람이 될 것이다. 만약에 그가 일찌감치 파멸하지 않는다면 말이다. 이러한 오래된 충동이 재발하는 경우는 주로 한 민족의 보존된 종족과 신분의 세습이고, 반면에 혈통, 습관, 가치 평가가 빠르게 변하는 것은 그러한 '격세유전' 의 개연성이 전혀 없다.

〈즐거운 지식〉

과학자가 극복해야 할 것

우리나라의 모든 현대 자연과학이 이 정도까지 스피노자의 도그마(이른바 자기보존 본능의 도그마)와 얽혀 있는 것은(최근 들어서는 더욱 진척되어 가장 조잡하고 이해할 수 없을 정도로 일방적인 생존경쟁설이 몸에 밴 다위니즘 속에서) 아마도 대다수의 자연과학자의 천성 때문일 것이다. 그들은 천성의 면에서는 '서민'에 속해 있다. 그들의 조상들은 삶을 꾸려가는 고통을 너무나 잘 알고 있는 가난하고 천한 신분의 사람들이었다. 영국의 모든 다위니즘 주변에는 영국의 인구 과잉으로 인한 숨이 막힐 듯한 공기처럼 궁핍하고 팍팍한 빈민과도 같은 냄새가 풍기고 있다. 그러나 자연 연구자라고 하는 사람들은 자신의 인간적인 틀에서 벗어나야 한다. 또한, 자연 속에서 지배하고 있는 것이 궁핍한 상태가 아니라 어리석을 정도로 과잉, 낭비인 것이다.

〈즐거운 지식〉

유전의 낙인

한 인간의 영혼 속에서 그의 조상이 가장 잘, 가장 일상적으로 해왔던 것들을 지워버릴 수는 없다.

〈선악의 피안〉

오랜 혈통의 무게

하나의 종족, 하나의 세습 계급, 하나의 혈통은 다른 모든 유기체와 마찬가지로 성장하거나 멸망하는 둘 중의 하나일 수밖에 없으며 정지靜止는 있을 수 없다. 멸망하지 않은 혈통은 끊임없이 성장해온 혈통이다. 성장한다는 것은 완전해지는 것이다. 한 혈통의 생존 속에서의 지속은 필연적으로 그 혈통이 발전할 수 있는 높이를 결정한다. 가장 오래된 혈통은 가장 고귀한 혈통일 수밖에 없다.

〈유고〉

위대한 인물과 시대의 상관성

위대한 인간들은 필연적이고, 그들이 출현하는 시대는 우연적이다. 그들이 거의 자신들의 시대에서 주인공이 되는 것은, 그들이 가장 강하고 가장 오래되었다는 것과 그들을 향하여 더 오랫동안 힘이 집적되었다는 것에 근거한다. 한 명의 천재와 그 시대 사이에는, 강약의 사이, 노약의 사이와 같은 관계가 성립된다. 시대라고 하는 것은 비교적으로 항상 젊고, 희박하고, 미성숙하고, 불안정하고, 어린애 같다.

〈우상의 박명〉

유전적 위대함의 축적

대부분 사람은 오랫동안 여러 재능, 여러 미덕이 부족한 것처럼 보인다. 그러나 기다릴 시간만 있다면 손자, 증손자의 시대까지 기다려 보는 것이 좋을 것이다. 그들은 자신들의 선조들의 내면을, 선조들 자신이 전혀 깨닫지 못한 내면을 백일하에 드러낼 것이다. 아들이 이미 아버지의 비밀에 대한 폭로자인 경우가 자주 있다. 아버지는 아들을 가짐으로써 자신을 훨씬 잘 이해한다. 우리는 모두 자신 속에 감춰져 있는 정원과 식물을 가지고 있다. 그리고 다른 비유를 써서 말하자면, 우리는 모두 언젠가 폭발의 때가 다가올 활화산이다.

〈즐거운 지식〉

회귀로서의 철학

모든 철학자는 눈에 보이지 않는 심리적 속박 하에서 끝없이 반복하며 다시 한번 궤도를 달린다. 그들이 각자 비판적이거나 체계적 의지에 관하여 서로가 얼마나 무관계인지를 깨닫는다고 하더라도 그들 속의 무언가가 그들을 인도하고 내몰아 일정한 질서에 따라 순서대로 달리게 하려고 한다. 이것이야말로 모든 개념의 선천적 체계와 친근함이다. 실제로 그들의 사색은 발견이기보다는 훨씬 더 많은 재인식과 회상이며, 모든 개념이 일찍이 발생해온 영혼의 멀고도 원초적인 가정家政 전체 속으로의 복귀, 귀환인 것이다. 그런 의미에서 철학을 한다는 것은 일종의 선조로의 최고급 회귀이다.

〈선악의 저편〉

혈통의 귀족성

태생적 귀족, 혈통 귀족만이 존재한다. '정신의 귀족'이 운운하는 경우에는 대부분 뭔가를 감추고자 하는 이유가 있다. 그것은 잘 알다시피 야심가인 유대인들의 상용문구이다. 왜냐하면, 정신만으로는 인간을 귀족적으로 만들지 못한다. 오히려 정신을 귀족적으로 해줄 무언가가 필요하다. 그렇다면 그러기 위해 무엇이 필요할까? 바로 혈통이다.

〈권력에 대한 의지〉

사람으로서의 덕

모든 고귀한 세계를 위해서는 사람이 그에 걸맞게 태어나야만 하다 좀 더 확실하게 말하자면 사람은 그렇게 되도록 육성되어야만 한다. 철학, 넓은 의미에서의 철학에 대한 요구권은 단순히 천성에 의해 구해지는 것으로 여기서도 결정적인 것은 선조의 '혈통' 인 것이다. 철학의 발생을 위해서는 모든 세대가 준비 작업을 해야만 한다. 철학자의 모든 덕은 하나씩 획득되고, 육성되고, 상속되고, 동화되어야만 하는 것으로 단순히 철학자의 사상의 과감성, 경쾌함, 섬세한 진행 태도만이 아니다. 무엇보다도 먼저 커다란 책임에 대한 각오, 지배자로서의 식견, 바라보는 시선의 고귀함, 위대한 공정성에 대한 쾌감과 훈련이 바로 그것이다.

〈선악의 저편〉

혈통의 보존

이것은 의심의 여지가 없는 것으로 한 종족의 인간이 모든 세대를 통해 교사, 의사, 목사, 모범으로서 금전과 명예와 지위를 끊임없이 추구하지 않고 살아왔다면, 결국은 더 높고, 더 상질의, 더 정신적인 전형이 만들어진다. 만약 사제들이 건강한 여성을 통해 번식한다면 훗날 더욱 고귀한 인간의 발생을 위한 일종의 준비이다.

〈유고〉

회의와 의지

회의懷疑는 속된 말로 지적장애나 병약함이라 불리고 있는 듯한데, 이것은 특정한 것이 겹쳐져 있는 심리적 소질의 가장 정신적인 표현이다. 그것은 오랜 세월 단절되어 있던 혈통, 혹은 신분이 신정적이고 갑작스러운 교접으로 항상 발생한다. 이른바 척도와 가치를 핏속에 상속한 새로운 종족 속에서는 모든 것이 불안정, 혼란, 의혹, 시험이다. 최고의 생명력도 방해하는 작용을 하며 모든 덕조차도 서로 성장과 강화를 허락하지 않는다. 신체와 영혼 속에 평형, 중점, 연직鉛直의 불안정이 빠져 있다. 그러나 이러한 혼혈아에게서 가장 무거운 병증, 퇴화하여 있는 것은 바로 의지이다.

〈선악의 저편〉

이어져온 계보를 기억하라

사람은 누구나 두 부모의 자식이라고 하기보다는 더 많은 네 명의 조부모의 자식이다. 할아버지들의 전형적 싹은 우리 속에서 숙성되고 우리의 자식들 속에서는 우리 부모의 싹이 숙성된다.

〈유고〉

선은 이어진다

좋은 것은 극단적으로 호사스럽다. 그리고 소유한 자는 획득한 자와는 별개의 사람이라는 법칙은 항상 타당하다. 모든 선은 유산이다. 상속되지 않은 것은 불완전한 실마리에 불과하다.

〈우상의 박명〉

선과 악의 고리

그대들 조상의 의지가 함께 향상하지 않는다면 그대들이 어떻게 향상할 수 있겠는가? 그러나 최초의 사람이길 희망하는 사람은 또한 마지막 사람이 되지 않도록 주의하라! 그리고 그대들 조상의 악덕 속에서 성자라 불리는 자가 되려 하지 말라!

〈자라투스트라는 이렇게 말했다〉

천재성의 발로

위대한 인간과 시대 속에 있는 위험은 상상을 초월할 정도로 크며 온갖 종류의 피폐, 생산 불능이 그것들의 뒤를 쫓고 있다. 위대한 인간은 하나의 종말이다. 천재는 작품에서나 행동에서나 필연적으로 낭비자이다. 그가 자기의 모든 것을 다 써버리는 것, 이것이 그의 위대함이다.

〈우상의 박명〉

후대를 위해 남길 것

인간은 본래 그저 오래되고 서서히 생성된 것만을 존중하기 때문에 죽은 뒤에도 계속 살아남고자 하는 사람은 자손뿐만이 아니라 그 이상으로 무언가 과거를 위해 배려해야만 한다. 이 때문에 모든 종류의 참주僭主자들은(참주적인 예술가와 정치가도) 역사가 자신들에게 이르기 위한 준비단계로 여겨지도록 무조건 역사에 폭력을 가한다.

〈인간적인, 너무나 인간적인〉

관용의 재판

역사가 대부분은 과거의 것들이 전반적으로 엄격한 악센트와 증오의 표정 없이 논하는 것은 무경험자가 그것을 공정한 덕이라고 해석할 것이며 이는 영리한 가정 하에서의 관용, 부정할 수 없게 된 것의 승인, 조정과 적당(선의의 개선)에까지 이를 수 없다. 그러나 우월한 힘만이 재판할 수 있는 것으로 약함은 강함을 위장하여 재판관 자리의 공정함을 연기하고자 하는 것이 아닌 이상 관용을 베풀어야 한다.

〈역사의 이해〉

과거의 언어

약간의 것이라도 다른 모든 사람보다도 위대하고 고귀하게 체험한 적이 없는 사람은, 또한 과거의 위대하고 고귀한 것을 전혀 해석할 수 없을 것이다. 과거의 말은 항상 신탁神託의 말이다. 그대들은 미래의 건축가, 현재의 지지자로서는 처음으로 과거의 말을 이해하는 것이다.

〈역사의 이해〉

미래를 향한 의지

지금이야말로 알 때이다. 미래를 건축하는 사람만이 과거를 재판할 권리를 갖는다는 것을.

〈역사의 이해〉

과거를 향한 의지

오래된 것의 원천에 대하여 깨달은 사람은 보라, 결국 미래의 원천과 새로운 원천을 찾아 나서게 될 것이다.

〈자라투스트라는 이렇게 말했다〉

과거의 재편

자라투스트라는 인류의 그 어떤 과거도 잊지 않기를 바랐으나 모든 것을 용광로 속에 던지고자 욕망했다. 하나의 새로운 영혼을 위해 낡은 희생을 바치고, 낡은 영혼을 하나의 새로운 신체에 의해 전환할 것을 욕망한다.

〈자라투스트라는 이렇게 말했다〉

미래를 위한 권고

그대 주변에 크고 넓은 희망의 울타리를, 희망으로 가득한 노력의 울타리를 쳐라. 그대 속에 미래가 대응할 수 있는 상의 형태를 만들어라. 그리고 그대가 아류라고 하는 미신을 잊어라.

〈역사의 이해〉

영웅을 기억하라

그대의 영혼을 플루타르코스를 통해 키워라. 그리고 플루타르코스의 영웅들을 믿고 그대 자신을 믿어라. 이렇게 비현대적으로 교육을 받은 인간, 즉 성숙한 영웅적인 것에 익숙한 인간이 백 명 있다면 이 시대의 시끄러운 사이비 교양 전체를 지금 당장 영원히 잠재울 수 있다.

〈역사의 이해〉

스승을 넘어서라

사람이 그저 제자로만 머무른다면 스승을 욕되게 하는 것이다. 그런데 너희들은 어째서 내 머리 위의 화관을 가지려 하지 않는가? 너희들은 나를 존경한다. 그러나 너희의 존경이 언젠가 뒤집히게 된다면 어떻게 할 것인가? 기둥에 부딪히지 않도록 조심하라!

〈자라투스트라는 이렇게 말했다〉

구원에 이르는 길

나는 미래의 단편들 사이를, 내가 보는 저 미래 사이를 걷듯이 인간들 사이를 걷는다. 나의 모든 작위와 노력은 단편과 비밀과 대변인 우연적인 것들을 하나로 응축시켜 집중하는 것이다. 만약 인간이 신인과 비밀을 푸는 사람이고 우연의 구원자가 아니라고 한다면 어째서 나는 인간들을 견뎌낼 수 있겠는가! 과거의 것을 구원하고 모든 '있었던' 것을 '나는 그렇게 욕망하였다!' 고 바꾸어 놓는 것, 내게 이것이야말로 비로소 구원의 이름의 가치가 있는 것이다!

〈자라투스트라는 이렇게 말했다〉

역사적 감각의 중요성

어느 아주 먼 시대의 눈을 가진 현대를 바라보면 내가 현재의 인간들 속에서 가장 주목해야 한다고 생각하는 것은 '역사적 감각'이라 불리는 그의 독특한 도덕성과 병적 기운이다. 그것은 역사상의 모든 새롭고 이상한 어떤 것이 싹트는 것이다. 이 싹에 2, 3세기 이상의 시간을 빌려준다면 거기서는 결국 놀랄 만한 향기를 가진 놀라운 식물이 탄생할지도 모른다. 그러기 위해 우리의 옛 대지는 이전보다 살기 좋아지게 될 것이다.

〈즐거운 지식〉

영혼의 단서를 발견하라

자기 내면의 남방南方을 발견하여 남방의 밝게 빛나고 비밀로 가득한 하늘을 자기 위에 펼치는 것, 영혼이 남방적인 건전함과 감춰진 강력함을 다시 획득하는 것, 한 걸음씩 광대해지면서 훨씬 초국민적, 훨씬 유럽적, 훨씬 초유럽적, 훨씬 동양적으로, 최후에는 훨씬 그리스적으로 될 것. 왜냐하면, 그리스적인 것은 모든 동양적인 것의 위대한 첫 결합과 종합이며, 그렇기 때문에 유럽적인 영혼의 단서이자 우리의 '신세계'의 발견이기 때문이다.

〈권력에 대한 의지〉

◈ 니체 연보

1844년 10월 15일 프로이센 작센 주 작은 마을 뢰켄에서 태어남.

1858년 명문 추어 포르테 장학생으로 입학.

1862년 『운명과 역사』를 구두로 발표.

1864년 추어 포르테 학원 졸업. 졸업 논문은 라틴어 「메가라의 테오그니스에 대하여」. 10월 본 대학에 입학.

1865년 고전문헌학의 교수 리츨과 동시에 라이프치히 대학으로 옮겨 그의 제자로 고전문헌학을 전공. 쇼펜하우어의 『의지와 표상으로써의 세계』를 탐독하고 깊은 감명을 받음.

1869년 고전문헌학 원외 교수로서 바젤 대학에 부임. 5월, 스위스 트리프션의 바그너를 찾아감. 야코프 부르크하르트와의 교우가 시작됨.

1872년 『비극의 탄생』 출판.

1873년~1874년 『반시대적 고찰』 출판.

1876년 병으로 인해 대학 강의 중단.

1878년 『인간적인, 너무나 인간적인』 출판. 바그너와의 우호 관계 파단.

1879년 바젤 대학 정식 사임.

1881년 스위스 실바플라나 호반에서 영겁회귀의 사상에 빠짐. 가을부터 다음 해 1882년에 걸쳐 『즐거운 지식』을 집필.

1882년 『힘에 대한 의지』라 총칭되는 유고집은 거의 이 해부터 1888년에 걸쳐 쓰이게 되었다.

1883년 『자라투스트라는 이렇게 말했다』 제1부를 출판.

1886년 『선악의 피안』 출판.

1888년 『힘에의 의지』 저술 기획의 포기. 『바그너의 경우』, 『우상의 황혼』, 『안티크리스트』, 『이 사람을 보라』, 『디오니소스 송가』, 『니체 대 바그너』 출판.

1889년 1월 3일 카를로 알베르트 광장에서 기절. 이후 10년간 정신질환을 앓음.

1894년 여동생 엘리자베트, 「니체 문고」를 설립. 니체의 조수이자 친구인 하인리히 쾨셀리츠(일명 페터 가스트)를 배제하고 직접 출판에 착수.

1900년 8월 25일 독일 바이마르에서 사망.

옮긴이 **박별**

전문번역가, 아카시에이전트 대표.

역서로는 「아무도 가르쳐주지 않는 부의 비밀」, 「철강왕 카네기 자서전」, 「인간의 운명」, 「살기 위해 중요한 것」 외 다수가 있다.

니체 인생론

2017년 06월 10일 1판 1쇄 인쇄
2022년 12월 10일 1판 15쇄 발행

지은이 | 프리드리히 빌헬름 니체
옮긴이 | 박별
펴낸이 | 김정재
펴낸곳 | 뜻이있는사람들
사 진 | 김정재

등록 | 제2016-000020호(2004년 3월 30일)
주소 | 경기도 고양시 덕양구 지도로 92, 55 다동 201호
전화 | 031-914-6147
팩스 | 031-914-6148
이메일 | naraeyearim@naver.com

ISBN 978-89-90629-39-5 03850